달과 인어

이로, 나의 바다

달과 인어

이로, 나의 바다

원산지 글·그림

다섬
어린이

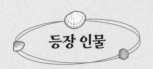

등장 인물

• 이로

순수하고 호기심 많은 인어 소년. 해달의 도움으로 연못에서 지내며 친구가 되지만, 인어를 잡으려는 사람들에 의해 다시 한번 위기에 처한다.

• 해달

상아섬에 사는 씩씩하고 마음 따뜻한 소녀. 해변에서 우연히 다친 인어를 발견하고, 바다로 돌려보내 주기 위해 위험을 무릅쓰고 용감하게 나선다.

• 정화

해달과 친자매처럼 지내는 상아섬 군수의 딸. 몸이 약해 잘 돌아다니지 못하고 책으로 세상을 배웠다. 해달과 인어를 돕기 위해 처음으로 용기를 낸다.

• 이환

해달이 아기였을 때부터 이웃에 지내던
오빠. 똑똑하고 성실하며, 해달의 부탁을
잘 들어주어 듬직하다.

• 옥화

상아섬을 아끼고 최선을 다해 일하는 군수.
마을 사람들에게 신뢰를 받지만 딸에게는
서툰 엄마다. 정화를 너무 사랑하는 마음에
과보호하곤 한다.

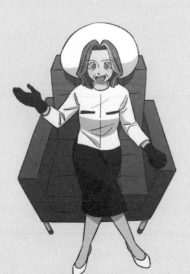

• 금자

다양하고 희귀한 동물을 모으는 게 취미이며,
상아섬의 사업에 투자하고 있는 부자. 인어를
얻고자 막무가내로 움직인다.

차례

프롤로그

안녕! 나는 이로야. 하늘을 지붕 삼고 바다를 이불 삼는 인어지. 바닷물만 있다면 나는 어디서든 지낼 수 있고 어디로든 갈 수 있어.

내 취미는 바다로 나온 '사람'을 관찰하는 거야. 사람들은 정말 흥미로워! 어떻게 고래만큼이나 큰 고철 덩어리를 바다 위에 띄우는 방법을 알아냈을까? 종종 밤하늘에 터뜨리는 불꽃은 조금 시끄럽지만 별빛보다도 밝고 아름다워.

보면 볼수록 나는 더 궁금해져. 사람은 어떤 걸 먹을까? 왜 몸을 가리고 지낼까? 노래하는 이유는 뭘까? 왜 얽히고설킨 끈 뭉치를 바다로 던질까? 수많은 물고기를 어디로 데려갈까?

　매일 쌓여 가는 궁금증을 풀기 위해 대화를 나누고 싶지만, 사람들은 내가 물속에서 부르는 소리를 듣지 못하는 것 같아. 물 밖에서 내 목소리는 너무나 작아서 닿지 않는 것 같고.

　언젠가 함께 대화하는 날이 올까? 내 질문에 답해 주는 목소리를 들을 수 있을까? 그날이 빨리 왔으면 좋겠어. 나는 궁금한 게 너무 많거든!

째
날

뜻밖의 만남

짹짹.

새벽부터 일어난 새가 아침을 알렸다. 해달은 새소리에 눈을 떴다. 어슴푸레한 방 안은 마치 물과 같았다. 해달은 물에 빠져 허우적거리는 꿈을 꿨다. 이런 꿈을 꾼 날은 평소보다 더 일찍 눈이 뜨이곤 했다. 이부자리 속에서 잠시 꾸물거리며 해달은 꿈을 더듬었다.

벌써 꿈이 흐릿해지기 시작해서 물 밖으로 끌어 준 상대의 얼굴은 기억나지 않았다.

"이왕 일찍 일어난 김에 부지런히 움직여 볼까!"

해달은 아직 꿈나라에 있는 정화와 밥풀이가 깨지 않도록 조용히 일어나 밖으로 나왔다. 해달이 사는 아담한 기와집 옆에는 아주 커다란 연못이 있다. 연잎이 아름답게 흩뿌려져 있고, 매 시간 다른 색깔의 하늘이 거울처럼 비쳤다. 해달은 그곳에 사는 붕어에게 밥을 주고, 며칠 전에 주워 온 아기 새의 아침도 챙겼다. 밥풀이 밥그릇도 채워 주니 벌써 하늘의 끝이 제법 많이 밝아졌다.

"이모가 어제 옥돔을 사 오라고 했지?"

옥돔은 해달과 정화가 제일 좋아하는 생선이다. 세상에서 요리를 제일 잘하는 이모의 옥돔구이를 먹을 생각에 해달은 벌써 기분이 좋았다. 신나는 발걸음으로 정원을 빠르게 가로질렀다. 넓은 연못 정원을 지나 쪽문으로 나가면 도로로 연결된 지름길이 나온다. 계단이 많긴 하지만, 멋진 섬 전경을 보며 내려가는 걸 해달은 좋아했다.

시장으로 가는 길목에서 해달은 자전거를 끌고 나오는 이환을 발견했다. 둘은 아주 어릴 때부터 알고 지냈다. 상아섬에서 제일 똑똑한 이환은 육지에 있는 중학교에 다니기 위해 매일 아침 일찍 집을 나선다. 해달은 반가운 마음에 손을 흔들며 인사했다.

"환이 오빠, 안녕!"

"해달아, 안녕! 오랜만이네. 아침 일찍 어딜 가니?"

이환은 웃으며 자전거를 끌고 해달에게 다가왔다.

"이모가 옥돔 사 오면 구워 준다고 했거든. 그래서 아침 시장에 가는 중이야."

"참 부지런하다. 가는 길이니까 내가 태워 줄까?"

자전거를 타면 시장에 훨씬 빨리 도착한다. 해달은 기쁜 마음으로 호의를 받아들였다.

"고마워, 오빠!"

기다랗게 늘어진 그림자를 밟으며 자전거는 논밭 사이를 가로질렀다. 푸릇푸릇한 논에는 하루를 일찍 시작한 사람들이 있었다.

"안녕하세요! 좋은 하루 보내세요!"

해달이 쾌활하게 인사를 건네면 이웃들도 허리를 펴고 웃으며 손을 흔들었다. 씩씩한 해달을 따라 이환도 마주치는 동네 사람마다 꾸벅 인사를 했다.

"그런데 해달이 너 오늘도 물에 빠진 꿈을 꿨어?"

그 말에 해달이 깜짝 놀란 표정을 지었다. 앞을 보고 있는 이환은 보지 못했지만.

"어? 어떻게 알았어?"

"너는 그 꿈만 꾸면 일찍 일어나잖아."

이환은 해달에 대해 모르는 게 없다. 엄마와 아빠가 바다로 나가는 날이면 함께 놀다가 잠드는 일도 많았기 때문이다. "근데 오늘은 누가 날 구해 줬어. 그래서 울지 않고 깰 수 있었어."

"다행이네. 누군지 기억나?"

다시 한번 꿈을 떠올려 봤지만, 상대 얼굴은 여전히 흐릿했다.

"아니, 그건 기억 안 나…. 그래도 일찍 일어나서 아침 장에도 가고, 가는 길에 오빠도 만났으니 나쁘지만은 않은 것 같아!"

해달의 씩씩한 대답에 이환은 웃음을 터뜨렸다.

"맞네, 맞아. 일석이조네."

이환의 맞장구에 해달은 기분이 더 좋아졌다. 무슨 말을 해도 오빠는 장단을 잘 맞춰 주곤 했다.

"정화랑 지내는 건 괜찮니?"

"물론이지! 언니랑 나는 세상에서 제일 친한 친구이자 제일 사이좋은 자매야."

해달은 부모님이 돌아가신 후 정화의 집에서 살았다. 부모님과 친구였던 정화의 엄마가 찾아와 해달에게 함께 살자고 말했기 때문이다. 그렇게 둘은 자매가 되었다.

"정화 언니가 너무 좋아. 예쁜 옷도 주고, 같이 책도 읽고, 함께 간식을 나눠 먹어. 이모는 우리가 친자매보다도 더 사이좋대."

"잘 지낸다니 다행이다. 요즘 정화는 건강하고?"

정화는 선천적으로 몸이 약하다. 같이 비를 맞고 놀아도 해달은 멀쩡한 반면, 정화는 일주일이 넘게 앓았다. 그래도 의사 선생님은 정화가 성장할수록 조금씩 더 튼튼해지고 있다고 말했다.

"전보다 더 건강해졌어. 그런데 슬슬 날이 더워지니까 입맛이 없나 봐. 그래서 이모가 옥돔을 사 오라고 한 거야. 옥돔구이는 나랑 언니가 제일 좋아하는 음식이니까."

"해달이는 착한 동생이네. 정화는 참 좋겠다."

이환의 칭찬에 해달은 자랑스러운 듯 어깨를 으쓱했다.

그때 해달의 눈에 커다란 짐을 머리에 이고 가는 망개떡 아주머니가 보였다. 짐이 많이 무거운지 아주머니는 몇 번이나 걸음을 멈췄다.

"오빠, 나 여기에서 내릴게!"

해달의 말에 이환은 고개를 갸웃거리며 멈춰섰다.

"어? 시장은 조금 더 가야 하는데?"

대답도 않고 자전거에서 펄쩍 뛰어내린 해달은 망개떡 아주머니에게 곧장 달려갔다.

"아주머니, 좋은 아침이에요. 제가 도와드려도 될까요?"

이환은 웃으며 고개를 절레절레 흔들었다. 도움이 필요한 사람을 그냥 지나치지 못하는 해달다웠다.

"해달이구나! 고맙지만 이게 아주 무거워서 힘들 텐데."

아주머니는 해달에게 짐을 넘기는 걸 망설였지만 해달은 자신 있는 표정으로 외쳤다.

"제가 힘이 얼마나 센데요. 거뜬해요!"

해달은 망개떡 상자를 번쩍 들어올렸다. 하나도 힘들어 보이지 않는 해달에게 아주머니는 안심하고 상자를 맡겼다.

그 모습을 지켜보던 이환은 웃으며 해달에게 작별 인사를 했다.

"그럼, 다음에 보자. 해달아!"

"데려다줘서 고마워, 오빠. 공부 열심히 해서 빨리 의사가 되길 바라!"

자전거는 빠른 속도로 멀어지더니 곧 모퉁이를 돌아 사라졌다.

해달은 망개떡 아주머니와 이야기를 나누며 시장으로 들어갔다. 일찍부터 하루를 시작한 사람들로 북적북적했다. 장사를 하는 자리에 상자를 내려놓자 아주머니는 망개떡을 네 개나 담아 해달에게 건넸다.

"도와줘서 고마워, 해달아. 출출할 때 먹으렴."

"감사합니다. 아주머니도 좋은 하루 보내세요!"

대가를 바라고 아주머니를 도운 건 아니지만 해달은 마음이 뿌듯했다. 신나는 걸음으로 생선 가게로 향하는데 상인들이 계속 말을 걸었다.

"해달아, 안녕? 군수님은 잘 지내시니?"

"군수님이 요즘 일이 많아 보이던데 밥은 잘 챙기고 계시는지 모르겠다."

"이건 중국에서 온 귀한 차인데 마시면 피로 해소에 좋다

고 하더라. 군수님에게 좀 전

해 줄래?"

"이것도 전해 주렴. 보약인

데 식후에 드시면 된다고 말

씀드리고."

"해달아, 이 과일도 좀 가져

가거라!"

상인들이 해달에게 군수의

안부를 묻는 이유는 해달이

군수의 집에서 살고 있기 때

문이었다. 정화의 엄마인 옥

화가 바로 상아섬의 군수였

다. 옥화는 섬을 굉장히 열심

히 돌봤고, 그래서 마을 사람

들은 옥화를 매우 좋아했다.

해달은 순식간에 상인들이

건네준 물건에 둘러싸였다. 포

목점 아저씨가 큼직한 보자기

를 가져와 물건들을 한데 싸

주었다. 거대한 보따리는 한눈에도 무게가 꽤 나가 보였지만 거뜬히 들어 올리는 해달을 보고 사람들이 환호하며 박수 쳤다. 힘이 센 해달에게 이 정도는 식은 죽 먹기나 다름없었다.

"아, 이러면 옥돔을 들 손이 부족한데."

해달의 혼잣말을 들었는지 생선 가게 할머니가 새끼줄에 엮은 옥돔을 해달의 팔에 묶어 주었다.

"할머니 감사합니다! 돈을 꺼내 드려야 하는데…."

"됐다! 군수님에게 우리가 고마운 게 얼마나 많은데. 그거에 비하면 옥돔 같은 건 아무것도 아니니까 가져가서 맛있게 먹도록 해라."

묵직한 보자기와 옥돔을 보니 옥화를 좋아하는 마을 사람들의 마음이 느껴졌다.

"모두 감사합니다! 군수님에게 잘 전해 드릴게요!"

해달은 사람들이 챙겨 준 선물을 머리에 이고 시장 근처 바닷가로 향했다. 볼일이 일찍 끝나 해가 떠오르는 걸 보며 잠깐 쉬었다 갈 생각이었다.

아침 해를 머금은 바다는 아름답게 빛났고 파도가 부서지는 소리는 마음을 편안하게 만들었다. 해달은 파도에 밀려온 커다란 나무통에 걸터앉으며 짐을 내려놓고 망개떡을 꺼냈다.

"아직 따뜻하다."

온기가 가시지 않은 망개떡을 입안에 넣기 직전, 해달은 해변 끝에서 펄떡거리는 무언가를 발견했다.

"돌고래가 또 모래 위로 올라왔나? 늦기 전에 바다로 돌아가게 도와줘야겠다."

상아섬 해변에는 종종 길을 잃은 돌고래가 파도에 떠밀려 오기도 한다. 해달은 서둘러 자리에서 일어났다.

가까이 다가갈수록 해달은 그게 돌고래와 다른 모습을 하고 있다는 걸 깨달았다. 그것은 분홍색 머리카락을 가진 아이였다. 더 놀라운 건 그 아이는 다리가 없고 물고기처럼 비늘 달린 꼬리가 있다는 사실이었다.

해달의 발소리에 아이가 고개를 돌렸을 때, 선명한 초록빛 눈이 보석처럼 반짝였다.

"아, 안녕? 너는 누구니?"

아이는 입만 뻐끔거릴 뿐 대답하지 않았다. 가쁜 숨소리와 어딘가 불편해 보이는 표정의 아이를 살피던 해달은 아이 주변의 바닷물이 붉게 물든 걸 발견했다. 옆구리를 감싸고 있는 손을 따라 빨간 피가 흘러내리고 있었다.

"피, 피, 피다! 세상에, 너 다쳤니? 괜찮아?"

놀라서 다그치는 말에도 큰 반응이 없었던 아이가 휘청거리더니, 털썩하고 해변 위로 쓰러졌다. 파도가 계속 쳤지만 아이는 힘없이 흔들리기만 했다. 놀란 해달은 아이를 황급히 끌어안으며 애타게 소리쳤다.

"저기, 애! 정신 좀 차려 봐!"

해달은 속치마를 찢어 상처를 감쌌다. 여러 번 두르고 단단히 고정하니 더 이상 피가 흐르지 않았다.

그러다 해달은 엄마, 아빠와 종종 함께 가던 바닷가 근처의 동굴을 떠올렸다. 거센 파도도 치지 않고, 내리쬐는 볕도 피할 수 있으니 다친 아이를 옮겨 두기에 적절한 장소 같았다.

해달은 심호흡하고 아이를 들어 올렸다. 물에 젖은 아이는 생각보다 무거웠지만, 그래도 힘이 센 해달에겐 문제없었다. '근데 얘는 어쩌다 여기에 오게 된 거지? 돌고래처럼 길을 잃었나? 왜 다친 걸까?'

동굴에 눕혀 두는 동안에도 아이는 여전히 눈을 뜨지 않았다.

'도대체 이 아이는 누굴까?'

◆ ◆ ◆

빠른 걸음으로 걷던 해달은 정화와 함께 지내는 별채의 기와지붕이 보이자 뛰기 시작했다. 조금이라도 빨리 정화 언니와 이모에게 방금 만난 신비한 아이에 대해 말해 주고 싶었다.

"이모! 정화 언니!"

"해달아! 아침 장에 다녀왔니?"

해달을 발견한 정화가 웃으며 인사했다.

"해달아, 그 보따리는 또 다 뭐야?"

이모가 놀란 표정으로 물었지만, 해달에게 중요한 건 그게 아니었다.

"다친 사람? 아니, 다친 물고기일까? 다친 물고기 사람은 어떻게 치료해야 해요?"

급한 마음에 말이 횡설수설 튀어나왔다.

"물고기 사람? 그게 도대체 무슨 말이니?"

정화와 이모는 어리둥절한 표정으로 서로를 바라봤다. 해달은 손짓발짓하면서 좀 전에 해변에서 만난 아이에 대해 설명했다.

"해변에서 다친 물고기 사람을 만났거든. 덩치는 나랑 비슷한데 다리가 없고, 대신 물고기 꼬리가 달려 있어! 지느러미도 엄청 크고!"

이모는 의심스러운 눈초리로 해달을 흘겨봤다.

"해달이 너 돌고래 봤니? 얼핏 보면 사람이랑 비슷해서 어부들도 헷갈린다잖아."

"그런 게 아닌데…."

해달의 말에 흥미를 잃은 이모가 보따리 매듭을 풀어내니 이런저런 물건들이 쏟아져 나왔다. 종종 있던 일이라는 듯 이모는 단번에 물건의 주인을 파악했다.

"이따 공부 끝나고 군수님에게 가져다드리고 오렴."

"그럴게요…."

해달은 신비한 아이에 대해 더 말하고 싶었지만, 이모는 부엌으로 들어가 버렸다.

"해달아, 네가 본 거 말이야…."

"얘들아, 선생님 오셨다!"

정화가 다시 한번 입을 열었지만, 이번에는 공부 선생님이 도착해서 말할 수 없었다. 해달과 정화는 선생님에게 꾸벅 인사하며 집 안으로 들어갔다.

"내가 끝나고 말해 줄게."

정화가 속닥이자 해달은 고개를 끄덕였다. 정화는 무언가 알고 있는 것처럼 웃어 보였다.

◆ ◆ ◆

공부가 끝나고 정화는 책꽂이를 뒤적거리더니 책 한 권을 꺼냈다. '인어 공주'라고 쓰인 표지에 다리 대신 물고기 꼬리가 달린 여자아이가 그려져 있었다.

"어! 내가 만난 애랑 비슷하게 생겼어!"

해달이 그림을 가리키며 흥분했다.

"네가 아침에 만난 그 애는 인어가 분명해!"

"인어?"

정화는 인어에 대해 조곤조곤 설명했다.

"응! 반은 사람이고 반은 물고기인 생명체를 '인어'라고 부른대."

책을 좋아하는 정화는 아는 게 많았다. 아마 어른인 이모보다 정화가 더 똑똑할지도 모르겠다고 해달은 생각했다.

"그럼 인어가 다쳤을 땐 어떻게 해? 피가 많이 났어."

해달이 걱정스러운 얼굴로 묻자 정화는 고민하다가 의견을 말했다.

"책에 나오는 인어는 사람처럼 먹고 생활할 수 있었어. 그러니까 우리가 쓰는 약을 가져가도 괜찮지 않을까?"

"그럼 내일 가서 연고를 발라 줘야겠다."

"그게 좋겠다. 그럼 인어는 지금 어디에 있어?"

눈을 반짝반짝 빛내며 정화가 물었다.

"해변 근처 동굴에 두고 왔어. 거기라면 파도가 쳐도 안전하게 쉴 수 있을 것 같아서."

"나도 인어 보고 싶다."

"다음에 같이 가면 되지!"

씩씩한 해달의 말에 정화는 코웃음을 쳤다.

"엄마가 절대로 허락하지 않을 거야. 엄마는 내가 대문만 넘어가도 싫어하잖아."

정화가 어릴 때부터 몸이 약했던 까닭에 옥화는 정화가 외출하는 걸 극도로 싫어했다. 딸을 아끼고 사랑하는 마음에 그런다는 걸 알면서도, 가끔 해달은 군수님이 너무하신다는 생각이 들기도 했다.

"내가 군수님에게 말해 볼까?"

해달이 슬쩍 말을 꺼냈다. 정화는 단호하게 고개를 저었다.

"괜찮아. 안 그래도 엄마는 하는 일이 많잖아. 괜히 신경 쓰게 하고 싶지 않아."

씁쓸하게 중얼거리는 정화는 슬퍼 보이기도 했고 외로워 보이기도 했다. 그리고 정화는 밥풀이를 데리고 안으로 쏙 들어가 버렸다.

'언니와 군수님이 서로 마음을 열고 솔직하게 대화하면 좋을 텐데.'

해달은 보따리를 이고 옥화가 생활하는 붉은 벽돌 저택으로 향했다. 옥화가 머무는 이 저택은 옛날에는 별채와 똑같은 한옥이었는데 전쟁이 일어났을 때 불에 타 버렸고, 지금 모습의 현대식으로 새로 지었다. 그곳에는 일하는 사람들이 수시로 드나들었다. 해달은 바쁘게 걸어 다니는 사람들을 지나쳐 옥화의 사무실로 들어갔다. 옥화는 빛이 쏟아지는 커다란 창 앞에 앉아 있었다.

"실례합니다!"

씩씩하게 인사를 하자 옥화는 고개를 들었다. 해달을 발견한 옥화가 부드럽게 미소 지었다.

"어머, 해달이 왔니?"

옥화는 아무리 바쁘더라도 해달이 사무실에 들어오는 걸 한 번도 막은 적이 없었다.

옥화는 해달이 이고 온 보따리를 보고는 깜짝 놀랐다.

"그 짐은 다 뭐니? 무거워 보이는데."

"오늘 아침 장에 갔다 왔는데, 상인들이 군수님에게 전해 달라며 이렇게나 많이 주셨어요."

"그것참, 고마운 일이네. 상인분들에게 보답해야겠다. 전해 줘서 고마워, 해달아."

보따리 안에 있는 물건을 하나하나 살펴보며 옥화가 웃었다.

"아, 맞다."

옥화는 뭔가 생각났는지 서랍에서 보자기로 감싼 물건 두 개를 꺼냈다. 손바닥만 한 보따리는 아주 앙증맞았다.

"시내에 나갔다가 너와 정화가 생각나서 사 온 팔찌란다. 쌍둥이 팔찌라는데, 너희에게 잘 어울릴 것 같아."

해달은 예상치 못한 선물에 활짝 웃었다.

"와! 감사합니다. 군수님, 그런데 군수님이 직접 주시면 언니가 더 기뻐할 거예요. 군수님을 만나고 싶어 했거든요."

해달은 조금 전에 정화의 표정이 쓸쓸해 보이던 게 마음에 걸렸다.

"그러면 오늘 저녁에 별채로 찾아가 볼게. 같이 저녁을 먹자꾸나."

옥화의 말에 해달은 신이 났다. 엄마와 함께 저녁을 먹는다는 걸 정화가 알게 되면 얼마나 기뻐할까!

"정말이죠? 언니랑 이모에게 말해 둘게요!"

그때 누가 문을 두드렸다. 문이 열리며 모자를 눌러쓴 남순과 짧은 머리의 희준 그리고 덩치가 큰 창석이 사무실로 들어왔다. 붉은 벽돌 저택에서 일하는 사람 대부분을 아는 해달이 처음 보는 얼굴이었다.

"군수님. 지금 대화할 수 있을까요?"

모자를 눌러쓴 여자가 조심스럽게 물었다. 자리를 비켜야 할 것 같아서 해달은 보따리를 소중히 챙겨 물러났다.

"그럼 저는 이만 가 볼게요, 군수님. 저녁에 만나요!"

"조심히 가렴, 해달아."

해달은 처음 보는 사람들에게 고개를 꾸벅 숙여 인사하고 사무실을 뛰쳐나갔다. 정화에게 빨리 팔찌를 건네주고 다 함께 저녁을 먹게 됐다는 소식도 전하고 싶었다.

"인어를 놓쳤다고요?"

"네. 거의 다 잡았는데 방심한 사이에 빠져나갔대요."

"우리는 그 인어가 꼭 필요해요. 당장 그 인어를 제 앞으로 가져오세요!"

해달은 그들이 인어에 대해 말하는 걸 듣지 못했다.

저녁이 되기 전에 해달은 정화, 이모와 함께 매작과를 만들었다. 옥화가 제일 좋아하는 간식을 준비해서 저녁 식사 후에 함께 먹을 계획이었다.

매작과를 만드는 방법은 간단하다!

첫 번째, 밀가루에 물을 넣고 반죽을 만든다. 이때 반죽에 색을 넣고 싶으면 여러 가지 천연 재료를 섞으면 된다. 노란색 반죽은 단호박 가루를 넣고, 초록색 반죽은 시금치 물을 넣어 만든다.

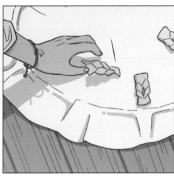
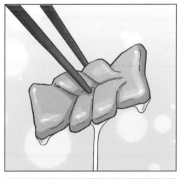

이제 두 번째 단계! 반죽을 밀대로 잘 밀어서 얇게 펴 준다. 얇게 펴진 반죽을 직사각형 모양으로 적당히 자른다.

세 번째로, 내 천(川)자 모양으로 칼집을 내 준다. 칼은 아주 날카로우니까 사용할 때는 손을 다치지 않게 조심해야 한다. 그런 후 반죽을 칼집이 난 사이로 꼬아 뒤집으면 예쁜 모양이 나온다.

네 번째, 예쁘게 꼰 매작과를 기름에 넣고 튀긴다. 뜨거운 기름이 튈 수도 있으니 기름에 튀기는 건 어른에게 부탁하자.

그리고 이제 마지막! 잘 튀겨진 매작과를 조청에 잘 버무린다.

그러면 예쁘고 맛있는 매작과 만들기가 끝난다.

정화와 해달은 매작과를 한가득 만든 다음 옥화가 오길 기다리는 동안 인어에 대한 얘기도 나누고, 옥화가 준 팔찌를 서로의 손목에 채워 주기도 하고, 밥풀이와 한바탕 놀아 주기도 했다. 하지만 늦도록 옥화는 오지 않았다. 저녁 시간이 지나고 나서야 붉은 벽돌 저택 쪽에서 옥화의 비서가 허겁지겁 뛰어왔다.

"어쩌지, 얘들아. 군수님이 바빠서 저녁을 같이 못 드신대. 미안하다고 전해 달라 하셨어."

비서는 그 말만 전하고 왔던 길로 되돌아갔다. 정화와 해달은 크게 낙담했다. 약속을 했으면 지켜야 한다고 배웠는데, 옥화가 약속을 지키지 않아 속상했다.

"내가 군수님에게 가서 따질게!"

해달이 자리에서 벌떡 일어나며 소리쳤다.

"됐어. 이렇게 될 줄 알았어, 나는."

해달이 신경 쓸까 봐 정화는 애써 웃으며 말을 돌렸지만 실망한 기색이 역력했다.

"매작과는 내일 인어에게 나눠 주자! 달콤한 과자를 싫어하는 아이는 없으니까, 인어도 좋아할 거야."

"알겠어. 따로 좀 챙겨 갈게."

둘은 마주 보며 웃었다.

해가 뉘엿뉘엿 넘어가고 하늘이 점점 어둡게 물들었다. 천장이 뚫린 동굴에서 인어도 이 하늘을 보고 있을까? 일어나면 배고플까 봐 망개떡을 옆에 두고 왔는데 먹었을까? 피를 많이 흘렸는데 다친 곳은 괜찮을까? 이름은 뭘까? 궁금한 게 차곡차곡 쌓여 갔다. 빨리 인어를 만나고 싶었다.

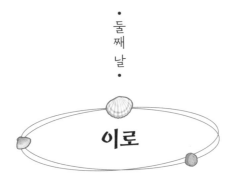

둘째 날

이로

해달과 정화는 학교를 다니지 않는다. 정화가 몸이 약하기 때문에 둘은 선생님이었던 노부인에게 집에서 교육을 받았다. 선생님은 늘 동그란 안경을 쓰고 머리도 동그랗게 말았다. 턱만 뾰족한 선생님은 성격도 둥근 좋은 분이었다.

아침 수업이 끝난 후 어제 만든 매작과와 향긋한 국화차로 다과 시간을 가졌다.

선생님은 매작과를 먹더니 아주 잘 만들었다며 정화와 해달을 칭찬했다. 매작과를 보니 오늘 인어에게 주기 위해 챙겨둔 간식 주머니가 떠올랐다. 선생님은 아는 게 많은 똑똑한 분이니까 인어에 대해서 잘 아실지도 모른다.

"선생님! 인어가 매작과를 좋아할까요?"

선생님은 어리둥절한 표정을 지었다.

"네? 인어요?"

"어제 해변에서 인어를 봤어요!"

선생님은 미소를 띠며 상냥한 목소리로 입을 열었다.

"인어는 전설이나 설화에 나오는 허구의 존재예요. 해달이 가 잘못 본 게 아닐까요?"

이모는 해달을 돌아보고 짓궂게 웃으며 다시 한번 주의를 줬다.

"해달아, 거짓말은 하면 안 된다! 군수님이 이놈! 해요!"

◆ ◆ ◆

인어를 만나기 위해 버스를 타고 해변으로 가는 내내 해달 은 분이 풀리지 않았다. 평소에는 섬 중턱에 있는 집에서 해 변까지 내려가는 동안 버스 창밖으로 반짝이는 바다를 구경 했는데, 지금은 눈에 들어오지 않았다.

"이모와 선생님은 왜 내 말을 믿지 않지? 정화 언니는 바 로 나를 믿어 줬는데."

가끔 어른들은 무슨 말을 해도 어린이를 믿지 않을 때가 있다. 허무맹랑하다며 거짓말쟁이 취급을 하다니! 해달은 그게 조금 슬펐다.

"군수님이 말했어도 이모랑 선생님이 믿지 못했을까?"

다음에 군수님을 만나면 잊지 않고 인어에 대해 말하기로 해달은 결심했다. 다른 사람의 말을 언제나 귀 기울여 듣는 군수님이라면 해달을 믿어 줄 거 같았다.

그사이 버스는 해변가에 도착했다. 해달은 버스 도우미 언니에게 인사를 하고 버스에서 내렸다. 하마터면 인어에게 줄 매작과를 버스에 두고 내릴 뻔했지만 버스 언니가 창문 너머로 던져 준 덕에 챙길 수 있었다.

"고마워요, 언니!"

해달은 매작과가 담긴 보따리를 소중히 들고 인어가 있는 동굴로 향했다. 인어가 매작과를 좋아했으면 좋겠다고 생각하며.

◆ ◆ ◆

동굴에 도착하니 인어는 보이지 않았다. 동굴 천장의 작은 구멍에서 쏟아지는 빛 아래 해달은 멍하니 서서 주변을 살펴봤다. 혹시 일어나면 배고플까 봐 놔 뒀던 망개떡을 감싼 잎만 덩그러니 남아 있었다.

"망개떡을 먹은 건 다행인데, 인어는 떠난 걸까?"

동굴 안 구불구불한 물길을 따라가면 바다로 이어지기 때문에, 원한다면 바다로 나갈 수 있었다. 해달은 바위 위에 털썩 주저앉았다. 다친 상처는 괜찮은지, 어디에서 왔는지, 물어보고 싶은 게 많았는데…. 인어를 만날 수 없다고 생각하니 힘이 쭉 빠졌다.

그때 첨벙거리는 소리가 들렸다. 고개를 들자 푸른 바닷물 위로 분홍빛 머리카락을 반짝이며 인어가 나타났다. 인어는 고개를 빼꼼 내밀고 해달을 보고 있었다.

"인어야! 너 몸은 좀 어떠니?"

해달은 기쁜 마음에 몸을 급히 일으키다가 그만 균형을 잃고 물속으로 떨어졌다.

풍덩!

"우웁!"

물에 빠진 해달의 입속으로 짠물이 흘러 들어왔다. 헤엄치려면 손발을 움직이라고 이환이 알려 준 것이 생각났지만, 물속에선 마음대로 움직여지지 않았다. 점점 숨이 막히고 힘이 빠졌다. 팔을 허우적거릴수록 오히려 물속으로 더 깊이 빠지는 듯했다.

"너… 혹시 물속에서 숨을 못 쉬니?"

물속에서 들리는 선명한 목소리에 해달은 눈을 번쩍 떴다. 실타래 같은 분홍색 머리카락이 제일 먼저 보였고, 이윽고 해달을 물끄러미 바라보는 선명한 초록빛 눈동자가 눈에 들어왔다. 인어의 어깨 너머로 커다란 꼬리지느러미가 하늘거렸다. 아직 떠나지 않았구나!

인어에게 말을 걸고 싶어서 입을 열자 바닷물이 한 움큼 입안으로 들어왔다. 괴로워하는 모습을 보고 당황한 인어가 해달의 목덜미를 잡았다.

"잠깐만 기다려!"

해달은 인어가 당기는 대로 몸을 맡겼다. 순식간에 물 밖으로 끌려 나온 해달은 요란하게 기침을 터뜨리며 입안 가득 찼던 바닷물을 뱉어 냈다.

"콜록콜록! 어후, 큰일 날 뻔했다. 콜록!"

인어는 떠나지 않고 물 위로 빼꼼 고개를 내민 채 해달을 지켜보고 있었다.

"도와줘서 고마워, 인어야!"

대답을 하듯 인어가 입을 뻐끔
거렸지만 달싹거리는 입술 사이로
아무 소리도 들리지 않았다. 이상
했다. 방금 전 해달은 분명히 인어
의 목소리를 들었는데.

"어? 혹시?"

해달은 기대 반, 의심 반으로 물
속에 얼굴을 담갔다. 인어는 어리
둥절해 했지만 이내 해달이 자신의
말을 듣기 위해서라는 걸 알아차렸
다. 인어는 숨을 참고 있는 해달을
보며 웃음을 터뜨렸다. 맑은 웃음
소리가 또렷하게 들렸다.

"어제 도와줘서 고맙다고!"

인어가 미소 지으며 감사 인사
를 전하자 해달이 활짝 웃었다.

다시 물 밖으로 나온 해달은 가
져온 보따리를 풀었다. 인어에게

줄 매작과, 그리고 붕대와 약이 나
왔다. 어제 속치마를 찢어 어설프
게 만들었던 붕대를 풀고 가져온
약을 발랐다. 다시 상처를 싸매는
동안 인어는 해달이 가져온 매작과
를 먹었다. 잘 먹는 모습을 보니 뿌
듯했다.

치료를 끝내고 해달은 자신을
소개했다.

"나는 해달이야. 너는 이름이 뭐
야? 어쩌다가 다쳤어? 해변에는 어
떻게 오게 된 거야? 그거 맛있니?
정화 언니랑 함께 만든 건데, 매작
과라고 해."

하고 싶은 말이 한꺼번에 쏟아
졌다. 인어는 우물우물 매작과를
씹고 꿀꺽 삼키더니 물속으로 풍덩
들어갔다.

"아차! 물 밖에서는 네 목소리를

못 듣지."

해달은 숨을 크게 들이마시고 물속으로 들어갔다. 부드러운 손이 다가와 해달의 손을 잡았다.

"누가 나를 잡으려고 해서 도망치다가 다쳤어. 너무 아파서 정신을 잃었는데, 눈을 떠 보니까 그 해변이었지."

세상에 어떤 나쁜 사람이 그랬을까! 놀랐지만 해달은 물속이라 아무 말도 할 수 없었다.

담담히 말하던 인어의 초록빛 눈이 반짝였다.

"방금 먹은 거 정말 맛있다! 이런 건 처음 먹어 봐. 어제 네가 준 것도 맛있었는데 매작과는 더 맛있어."

맛있는 걸 먹어 신이 났는지 꼬리지느러미가 빠르게 흔들렸다.

"그리고 내 이름은 이로야. 만나서 반가워, 해달아!"

해달은 활짝 웃으며 자신을 소개하는 이로를 따라 웃다 숨이 부족해서 물 밖으로 뛰쳐나갔다. 물 밖에서 숨을 크게 들이마시고 내쉬는 해달을 이로는 신기하게 바라봤다.

"이로! 이름 예쁘다! 만나서 반가워, 혹시 너도 궁금한 게 있니?"

이로는 눈을 반짝이더니 해달의 손을 다시 물속으로 잡아

끌었다.

"사람들은 물속에서 숨도 못 쉬면서 왜 자꾸 먼바다로 오는 거야? 매번 타고 나오는 고철 덩어리는 어떻게 물 위에 떠 있어? 그리고 왜 그렇게 많은 물고기를 잡아가는 거야?"

숨 쉴 틈 없이 쏟아지는 질문에 해달은 눈이 뱅뱅 돌 지경이었다. 심지어 해달이 모르는 게 너무 많았다. 잔뜩 기대에 찬 이로가 해달을 지켜보고 있었다.

"너는 궁금한 게 정말 많구나. 근데 내가 선생님에게 물어본 다음에 알려 줘도 될까?"

이로는 활짝 웃으며 고개를 끄덕였다. 신이 난 이로를 위해 해달은 꼭 선생님에게 물어보기로 마음먹었다.

◆ ◆ ◆

해가 바다 너머로 사라지며 하늘이 보랏빛과 분홍빛으로 물들어 갔다. 항구에는 어선이 줄줄이 늘어서 있었다. 그중 한 어선이 내일 출항할 준비로 시끌시끌했다. 바닥에 떨어진 생선을 잡아 통 안으로 집어 던지며 어부가 씩씩거렸다.

"그때 내가 거의 다 잡았는데 말야, 잠깐 한눈 판 사이에 바다로 뛰어내렸지 뭐야!"

얘기를 듣던 남순이 모자를 만지며 추임새를 넣었다.

"아이고, 아깝네요. 다시 잡으러 안 나가나요?"

옆에서 그물을 정리하는 다른 어부가 고개를 저었다.

"글쎄. 그게 살아 있을지 모르겠고만. 그놈이 뛰어내린 바다를 보니 바닷물이 시뻘겋게 변했더라고. 바다에서는 쫓기도 힘들고 날씨도 안 좋아서 일단 섬으로 돌아왔지."

"흠…. 어느 방향으로 갔는지 혹시 기억나세요?"

남순의 질문에 어부들은 서로를 바라봤다.

"섬 쪽이었지?"

"그치. 해가 우리 뒤쪽에 있었으니까."

"알려 주셔서 감사합니다."

남순은 허리를 숙여 인사했다. 어부는 웃으며 손사래를 쳤다.

"우리가 뭘 했다고 그래! 군수님에게 도움이 못 돼서 미안한 마음뿐이지…."

남순은 일행이 기다리는 곳으로 돌아갔다. 항구의 돌담에 앉아 있던 희준과 창석이 남순을 발견하고 손을 흔들었다.

"남순! 뭐래? 죽었대?"

"아니. 다친 걸 바다에서 놓쳤대."

희준은 그 말에 눈을 동그랗게 떴다.

"바다로 도망친 걸 우리가 무슨 수로 찾아?"

"섬 쪽으로 갔다니까 파도에 밀려 해변으로 갔을지도 몰라. 운이 좋으면 해변 근처에서 발견할 수도 있고, 운이 나쁘면…."

남순은 잠시 뜸을 들이더니 낮은 목소리로 중얼거렸다.

"시체라도 찾을 수 있겠지."

남순은 몸을 돌려 앞서 걸어갔다.

"일단 해변으로 가자."

희준과 창석이 남순의 뒤를 따라 항구를 떠났다.

◆ ◆ ◆

뚫린 동굴 천장으로 보이는 하늘이 어느새 보랏빛으로 물들고 있었다. 해달은 이로와 이야기를 나누느라 시간이 한참 지난 줄도 몰랐다.

"너무 늦으면 정화 언니와 이모가 걱정하니까 나는 이만 가 볼게."

자리를 털고 일어나며 해달은 이로를 돌아봤다.

"내가 또 간식 가지고 올게. 내일 다시 만나, 이로야!"

이로는 활짝 웃으며 입을 뻐끔거렸다. 물 밖이라 목소리는 들리지 않았지만, 작별 인사라는 걸 알 수 있었다. 해달은 아쉬운 마음을 뒤로 하고 동굴을 빠져 나왔다.

버스를 타기 위해 정류장으로 천천히 걸어갔다. 초여름이라도 해가 지니까 공기가 제법 쌀쌀하게 느껴졌다. 바닷물에 옷이 젖은 탓도 있었다. 해달은 살짝 한기를 느끼며 몸을 부르르 떨었다.

버스 정류장으로 계속 걸어가며 이로에게 들은 이야기를 곰곰이 곱씹었다.

'이로를 잡으려 한 사람은 누굴까? 왜 잡으려고 한 거지? 이로를 다치게 했으니까 아마 좋은 사람은 아닐 거야.'

문득 안 좋은 생각이 들었다.

'설마 지금도 이로를 찾고 있는 건 아니겠지?'

그때 남순과 희준, 창석이 버스정류장을 스쳐 지나갔고, 해달의 귀에 어떤 단어가 쏙 들어왔다.

"근데 해변에 인어가 없으면 어쩔 거야?"

'인어? 방금 인어라고 하지 않았나?'

놀란 해달은 무리를 바라봤다. 낯이 익었지만 어디서 봤는지 정확히 기억나지 않았다. 세 사람은 곧 골목을 꺾어 모습을 감췄다.

'저 사람들, 어떻게 인어에 대해 아는 걸까?'

그때 누군가가 해달을 불렀다.

"해달아!"

끼이이이익!

요란한 자전거 브레이크 소리에 해달이 고개를 돌렸다. 자전거를 멈춰 세운 이환이 걱정스러운 표정으로 해달에게 다가왔다.

"무슨 일 있었니? 왜 이렇게 젖었어!"

"바위에서 미끄러져서 물에 빠졌지 뭐야."

해달이 헤엄을 못 치는 걸 아는 이환은 더욱 놀란 표정을 지었다.

"어쩌다 그랬어! 괜찮은 거 맞아?"

걱정하는 마음이 느껴져 해달은 주먹을 불끈 쥐고 힘차게 고개를 끄덕였다.

"응, 나 진짜 괜찮아!"

"넌 수영할 줄 모르니까 물가에서는 더 조심해. 내가 데려다줄게. 감기 걸리기 전에 빨리 돌아가는 게 좋겠어."

이환이 자전거 뒷자리를 툭툭 치며 말하자 해달은 방긋 웃으며 폴짝 뛰어올랐다.

"고마워, 오빠! "

이환은 열심히 페달을 밟으며 해달에게 물었다.

"그런데 어쩌다 물에 빠지게 된 거야?"

"아, 그게 말이야! 내가 어제 인어를 구해 줬거든?"

"인어?"

이환이 놀란 목소리로 되물었다.

해달은 이로와 어떻게 만나게 됐는지 하나도 빠짐없이 이야기했다. 해달의 이야기를 들은 이환은 고개를 주억거렸다.

"정말 다행이다. 인어가 물에 빠진 널 구해 줘서. 하지만 늘 그렇게 운이 좋을 순 없으니까 더 주의하렴."

해달은 이환이 인어를 만났다는 이야기를 의심하지 않고 바로 믿어 줘서 마음이 찡했다. 벅차오르는 기쁨에 해달이 환의 허리를 꽉 끌어안았다.

"역시 환이 오빠는 최고야!"

"아이고! 해달아 힘! 팔에 힘 빼!"

거센 포옹에 이환은 우는소리를 냈다. 사이좋은 남매 같은 두 사람 뒤로 긴 그림자가 늘어졌다.

해가 거의 떨어질 무렵에 두 사람은 별채로 들어가는 지름길에 도착했다. 계단 앞에 누군가 서성이고 있었다.

"어! 정화 언니다! 웬일로 밖에까지 나왔지? 언니!"

커다란 외침에 정화는 고개를 들었다.

해달을 발견한 정화가 활짝 웃었다가 곧 엄한 표정을 지었다.

"너 왜 이렇게 늦었어! 걱정했잖아!"

"정화, 안녕! 오랜만이다. 잘 지냈니?"

이환이 해달과 정화 사이에 끼어들며 인사를 건넸다. 그제야 이환을 발견한 정화가 눈을 동그랗게 뜨더니 얼굴이 붉어졌다.

"환이 오빠! 안, 안녕하세요. 오랜만이에요. 해달이가 평소보다 늦길래 걱정돼서 나왔어요."

정화는 치마를 쥐어짜듯 손으로 꼭 쥐고 우물쭈물 말을 이었다. 안절부절못하는 정화를 보며 이환이 웃었다.

"동생도 잘 챙기고, 정화는 정말 좋은 언니구나. 앞으로도 해달이 잘 부탁할게. 사이좋게 잘 지내렴."

부드러운 말씨에 정화의 얼굴이 더 붉게 물들었다.

"맞다! 오빠, 다음에 우리 집에 놀러 와요. 매작과도 먹고 얘기도 나누고…."

그때 도로에서 자동차 멈추는 소리가 들리더니 옥화가 허겁지겁 내리더니 화난 표정으로 정화에게 다가왔다. 엄마를 발견한 정화의 얼굴이 굳어졌다.

"정화야! 몸도 안 좋은 애가 왜 밖에 나와 있어?"

옥화의 날 선 말에 정화는 어쩔 줄을 몰라 했다. 해달이 왜 정화가 이곳에 있는지 설명하려 했지만, 옥화는 화가 많이 났는지 계속해서 쏘아붙였다.

"너 이렇게 자주 밖에 나오니? 어른도 없이 혼자?"

"아, 아니야! 나는 잠깐 나온 건데…!"

정화는 거의 울먹거리고 있었다.

"잠깐이든 뭐든 지금 당장 집으로 들어가! 다음부터는 이런 일 없도록 하고!"

옥화의 외침에 주먹을 꽉 쥐고 부들부들 떠는 정화가 단단히 화가 난 표정이었다.

"싫어! 나한테 그런 식으로 말하지 마!"

모두가 놀란 표정으로 정화를 바라봤다. 그중에서도 옥화가 제일 놀란 것처럼 보였다.

"정화 너…."

"나도 엄마나 해달이처럼 원하면 어디든 마음대로 돌아다닐 수 있어! 난 집 지키는 강아지가 아니야!"

분에 찬 듯 소리치던 정화는 말이 끝나자마자 갑자기 기침을 하기 시작했다. 온몸을 들썩거리게 하는 기침이 계속되자 놀란 해달과 이환이 정화를 부축했다. 옥화는 너무 놀라 굳어 버렸다.

"오빠, 언니를 안으로 데려가자!"

해달이 지름길을 가리키며 말했다.

"알겠어!"

정화를 번쩍 들어 올린 이환은 해달을 따라 지름길을 달렸다.

◆ ◆ ◆

기와집 안은 평소와 달리 사람들로 북적북적했다. 방 중앙에 앉은 정화를 둘러싸고 모두가 동그랗게 모여 있었다. 이모가 가져온 한약을 먹고 나서야 정화는 기침을 멈췄다.

"으, 한약은 너무 써."

쓸쓸한 맛에 질색하며 정화가 인상을 찌푸렸다.

"언니, 어때? 괜찮아?"

"응, 나 괜찮아."

해달이 걱정스러운 얼굴로 묻자 정화가 웃으며 대답했다.

"정화야."

옥화가 부르자 정화의 어깨가 다시 떨렸다. 옥화는 한숨을 푹 쉬었다.

"다음에는 밖에 혼자 나가지 마렴. 오늘처럼 갑자기 몸이 안 좋아지면 어쩌려고 그래? 갖고 싶은 거, 먹고 싶은 거, 필요한 게 있으면 다 구해 줄 테니 집 안에 있으렴. 알겠어?"

입을 꾹 다물고 있던 정화는 화가 난 표정으로 중얼거렸다.

"나에게 제일 필요한 게 뭔지도 모르면서, 그걸 어떻게 구해 줄 건데?"

정화는 씩씩거리며 팔찌를 풀더니 던져버렸다. 옥화가 선물한 쌍둥이 팔찌였다. 버릇없는 행동에 놀란 옥화는 인상을 찌푸렸다.

"너 엄마한테 이게 무슨 짓이야!"

"누가 그딴 거 필요하다고 그랬어? 다 필요 없어!"

악에 받친 외침이 방에 쩌렁쩌렁 울렸다. 다시 기침이 시작되자 이모가 정화의 등을 토닥이며 쓸어 내렸다.

"아이고. 더 쓴 약 먹고 싶어서 그래?"

"정화 언니, 소리치지 말아."

그 모습을 지켜보던 옥화는 무거운 한숨을 내쉬더니 정화가 던진 팔찌를 집어 들고 가족 사진이 있는 선반 위에 두었다. 아기였던 정화와 지금은 세상을 떠나 없는 아빠가 함께 찍은 사진이었다. 병을 달고 살던 아빠를 닮아 몸이 약한 정화는 잔병치레가 잦았다. 그렇기 때문에 옥화는 정화를 더 안전하게 보호해야 했다.

"정화 잘 부탁할게, 해달아. 이환 군은 길이 어두운데 조심히 돌아가고요."

"네, 그럴게요."

"군수님 안녕히 가세요!"

"필요한 거 있으면 말해 주렴, 정화야."

정화는 대답이 없었고 옥화의 발소리가 멀어졌다.

"난 엄마가 예쁜 물건을 아무리 많이 가져다 놔도 방이 너무 갑갑해. 왜 나를 이해하지 못할까?"

옥화는 예쁘고 신기한 물건이 보이면 정화와 해달이 있는 별채로 보냈다. 자유롭게 돌아다니지 못하는 딸을 배려한 것이지만, 정화는 달갑지 않았다.

"엄마 마음은 그런 거야. 군수님이 다 널 걱정해서 그러는 거다."

이모의 말에 정화가 새침한 표정을 지으며 대꾸했다.

"나는 내 마음도 챙겨 줬으면 하는 거라고요!"

"정화 너도 나중에 어른이 되면 군수님을 이해할 거야."

방을 나가며 툭 던지는 이모의 말이 얄미워 정화는 씩씩거리며 외쳤다.

"그런 게 어른이면 난 평생 어른 안 할 거야!"

셋
째
날

사냥꾼의 추격

다음 날, 해달은 아침 일찍 동굴로 향했다. 어제 있었던 일을 이로에게 말해 주고 싶었기 때문이다. 해달은 이로에게 옥화와 다투며 단단히 화가 난 정화가 팔찌를 던진 장면을 생생하게 묘사했다. 이로는 해달이 사 온 꿀떡을 먹으며 흥미로운 표정으로 이야기를 들었다.

"정화 언니와 군수님이 잘 지내면 좋겠어. 사실 둘은 서로를 무척 좋아하거든. 군수님은 사람들을 도와주는 좋은 분이야. 난 나중에 군수님처럼 되고 싶어!"

눈을 반짝이며 말하는 해달은 진심으로 옥화를 존경했다.

엄마 역할에 서툴긴 해도 옥화는 좋은 사람이기 때문이었다.

"그러니까 이로도 도움이 필요하면 언제든 말해. 내가 꼭 도와줄게!"

이로가 웃으며 고개를 끄덕였다.

"오늘은 이모가 심부름을 시켜서 조금 일찍 일어날게."

이로가 하고 싶은 말이 있는 듯 입을 뻐끔거리자 해달은 물속으로 얼굴을 밀어 넣었다. 명랑한 목소리가 귀에 선명히 들렸다.

"오늘도 맛있는 거 갖고 와 줘서 고마워! 상처를 봐 준 것도 고맙고. 좋은 하루 보내고 내일 또 보자, 해달아."

해달은 시장으로 향했다. 이모는 콩나물과 두부 한 모를 사 오라고 했다. 시장은 언제나처럼 활기가 넘쳤다. 눈이 마주치는 사람마다 인사를 하며 해달은 두부 장수를 찾아갔다. 섬에서 제일 솜씨가 좋은 두부 장수는 천막을 친 평상에 느긋하게 앉아 있었다.

"아주머니, 안녕하세요. 콩나물이랑 두부 한 모 사려고 왔어요.”

비닐봉지를 찾아 상자를 뒤적
거리는 아주머니를 기다리는데,
뒤쪽에서 말소리가 들렸다.

“혹시 반은 물고기 몸이고 반
은 사람인 생물을 본 적이 있으
세요? 보통 ‘인어’라고 부릅니
다.”

인어를 아는 사람이 또 있다
니! 해달이 고개를 돌려 방금 말
을 한 사람을 찾았다. 체격이 좋
은 여자는 눈에 띄지 않는 황토
색 옷을 입고 등에 천으로 둘둘

싼 짐을 메고 있었다. 그리고 볼에 길쭉한 흉터가 있었다.

‘어제 봤던 사람들이 아니야.’

해달은 낯선 사람과 과일 가게 아저씨가 하는 대화에 계속
귀 기울였다.

“인어요? 나는 그런 거 몰라요.”

“혹시 보시거든 상아 여관에 머무는 ‘박호란’ 앞으로 연락

좀 주십시오. 사례는 꼭 할 테니 부탁합니다."

해달은 이로가 있는 곳을 알지만 어쩐지 불길한 예감이 들어 알려 주고 싶지 않았다.

볼일이 끝난 줄 알았던 그 사람은 줄로 잡아맨 토끼를 불쑥 내밀었다. 토끼는 축 늘어져 힘없이 흔들거렸다.

"근데 토끼 고기는 어디서 취급합니까? 팔고 싶은데요."

"아이구, 저희는 과일 가게인걸요. 저쪽 정육점에 가 보세요."

저 사람은 사냥꾼이구나! 해달의 눈에는 축 늘어진 토끼가 마치 이로처럼 보였다.

'설마 이로를 사냥하려고? 이로도 다쳤었잖아.'

이로가 피를 흘리던 걸 떠올리고 눈살을 찌푸렸다.

'어제 만난 사람들도 저 사냥꾼과 한패겠지!'

해달은 소름이 돋아 몸을 떨었다. 충격에 빠진 채 자신이 시장 한가운데 서 있는 걸 깨닫지 못하고 누군가와 부딪혔다.

"앗! 죄송합니다!"

곧바로 사과를 하며 고개를 든 해달은 놀라서 숨을 멈췄다.

"나도 미안하다, 꼬마야. 괜찮니?"

해달이 부딪힌 사람은 어제 버스 정류장에서 인어를 찾던

남순이었다.

"네! 멀쩡해요!"

남순은 미소를 지으며 해달
의 눈높이에 맞춰 쪼그려 앉
았다.

"다행이다. 뭐 좀 물어볼
게. 혹시 근처 해변에서 놀
다가 물고기 꼬리가 달린

사람을 본 적 있니? '인어'라는 건데."

하마터면 비명이 나올 뻔했다.

"보, 본 적 없어요!"

살짝 떨리는 목소리를 남순은 별로 의심스럽게 생각하지
않는 것 같았다. 남순이 얼굴을 빤히 들여다보자 해달은 슬
금슬금 뒷걸음질을 쳤다.

"해달아! 두부랑 콩나물 가져가렴!"

때마침 아주머니가 불러서 해달은 안심했다.

"저는 이만 가 볼게요! 안녕히 계세요!"

"응, 잘 가렴."

꾸벅 고개를 숙이며 인사하고 해달은 도망치듯 자리를 벗

어났다.

남순은 해달이 떠나고 다른 사람에게도 인어에 대해 묻고 다녔다. 희준과 창석이 다가와 이야기를 나누며 세 사람은 곧 돼지국밥집으로 들어갔다.

구석에 숨어 몰래 지켜보던 해달은 몸을 벌떡 일으켰다. 이로가 있는 동굴은 풀숲으로 가려져 있어 찾기 쉽지 않겠지만, 시장과 거리가 가까웠다. 어쩌면 금방 이로를 찾아낼지도 모른다. 아까 본 토끼가 다시 떠올랐다.

"아주머니! 저 수레와 장독 좀 빌려 주세요!"

해달은 근처 철물점 아주머니에게 달려가 외쳤다. 우렁찬 목소리에 아주머니는 화들짝 놀랐다.

"그래, 빌려 가렴."

아주머니는 조금 당황했지만 흔쾌히 내어 주었다. 수레에 장독을 단단하게 고정하고 해달은 아주머니에게 꾸벅 인사했다.

"고맙습니다. 돌려 드리러 다시 올게요!"

허겁지겁 뛰어가는 뒷모습을 보며 아주머니는 감탄했다.

"저 무거운 장독을 잘도 끌고 가네. 그나저나 무슨 일로 저렇게 서두를까?"

아주머니가 고개를 갸웃거리는 동안 해달은 이미 시장을 벗어나고 없었다.

해달은 이로가 있는 동굴로 돌아왔다. 요란한 수레 소리에 놀란 이로가 물 밖으로 고개를 빼꼼 내밀었다. 이로는 해달을 발견하고 방긋 웃었다.

"이로야! 지금 당장 여기를 떠나야 해!"

풍덩!

장독을 묶은 수레를 그대로 물속으로 집어 넣자 바닷물이 장독 속으로 콸콸 들어갔다. 해달은 물속으로 첨벙 들어가 수레가 깊이 빠지지 않도록 단단히 잡았다. 이로가 호기심 가득한 표정으로 지켜보고 있었다.

"자세한 설명은 가면서 해 줄게. 그러니까 일단 지금은 여기로 들어가 줘!"

장독을 가리키며 해달이 외쳤다. 그리고 다급하게 말을 이었다.

"이상한 소리처럼 들리겠지만, 나를 믿고 들어가 줘!"

애절한 외침이 동굴에 울려 퍼졌다. 이로는 싱긋 웃더니 조금도 망설이지 않고 장독 안으로 쏙 들어갔다. 커다란 장독은 이로가 들어가도 공간이 남았고, 머리끝까지 숨겨졌다.

"믿어 줘서 고마워, 이로야!"

해달은 파란 보자기를 펼쳐서 장독 위를 덮었다.

"들키지 않도록 이 위를 천으로 가릴게. 내가 괜찮다고 말할 때까지 나오면 안 돼! 시장 근처를 지나가야 하는데, 사람들에게 들키면 안 되거든."

이로는 진지한 표정으로 고개를 끄덕이며 쏙 숨었다.

이제 떠날 준비는 끝났다. 사냥꾼들이 오기 전에 빨리 떠나야 했다. 시장에서 본 사냥꾼들

이 이로를 다치게 한 게 분명했다. 해달은 끙끙거리며 수레를 밀었다. 물과 이로까지 더해져 아까보다 훨씬 더 무거웠다. 하지만 해달은 상아섬에서 제일 힘이 센 어린이였다. 더구나 친구가 위험해질 수도 있으니 더 힘을 내야 했다! 단단히 마음먹고 힘을 주자 수레가 움직이기 시작했다. 한번 움직이기 시작하자 수월하게 굴러 시장까지 금방 도착했다.

"해달아, 아직 살 게 있니?"

"어이구, 그 커다란 장독은 뭐야?"

시장에서 만난 사람들이 장독에 관심을 보였다. 해달은 애써 티를 내지 않으려 노력했다.

"바다에서 예쁜 물고기를 잡았거든요. 정화 언니 보여 주려고요!"

어설픈 변명에 이로는 웃음이 났다. 공기가 방울방울 올라갔지만, 아무도 장독 안에 이로가 있다는 걸 알아차리지 못했다.

"착한 동생이네. 가다가 요깃거리로 먹거라."

"감사합니다! 잘 먹을게요."

망개떡 아주머니에게 떡을 받으며 해달은 활짝 웃었다.

해달은 천천히 시장을 가로질렀다. 이로는 밖이 궁금했지만, 해달과 약속했기 때문에 꾹 참았다.

어느새 주변이 조용해졌다. 털털 굴러가는 수레 소리만 들릴 즈음, 해달이 이로를 불렀다.

"이제 나와도 돼!"

이로는 장독 밖으로 고개를 쏙 내밀었다. 그리고 눈을 동그랗게 떴다. 난생처음 보는 광경에 이로는 입을 떡 벌렸다. 푸른 풀과 노란 꽃이 바람을 따라 살랑살랑 흔들렸다. 사방을 둘러봐도 물은 보이지 않았고 새하얀 구름이 느리게 지나갔다.

"갑자기 끌고 나와서 미안해. 설명 안 해 줘서 답답했지?"

해달은 땀을 닦으며 말을 이었다.

"아까 시장에서 인어를 찾는 사람들을 봤거든. 널 다치게 한 사람들 같았어. 너를 금방 찾을 수도 있으니까 다 나을 때까지만 우리 집에 있는 연못에서 지내는 게 좋을 것 같아. 거기라면 그 사람들도 찾지 못할 거야!"

이로는 해달의 말을 조금도 의심하지 않았다. 이로가 가만히 고개를 끄덕이자 해달은 안심하며 방긋 웃었다.

"사람들이 잘 안 다니는 길로 가자. 시간은 좀 걸리겠지만 그게 더 안전할 거야."

수레는 다시 움직이기 시작했다. 풀내음이 짙어졌다. 코를 간질거리는 향기에 이로가 주변을 둘러봤다. 둘은 분홍색 꽃

이 가득 핀 꽃나무 숲을 가로질렀다. 구슬이 굴러가는 것처럼 맑은 새 울음소리가 들렸다. 이로는 살면서 처음 들어 보는 소리였다.

"우리 잠깐 쉬면서 간식 먹을까?"

망개떡 아주머니가 준 떡을 찾는 해달을 이로가 툭툭 쳤다. 이로의 입이 뻐끔뻐끔 움직였다. 해달은 입 모양을 읽으려고 집중해서 바라봤다.

"미안해… 그리고 고마워… 이렇게 말한 거 맞아?"

이로가 고개를 끄덕였다.

"천만에! 우리는 서로 돕고 살아야 한대. 그래야 더 좋은 세상이 된다고 했어."

해달은 웃으며 말을 이었다.

"우리 부모님이 돌아가신 후에 군수님, 정화 언니와 이모

그리고 마을 사람들 모두가 나를 도와줬거든. 언젠가 누군가에게 도움이 필요한 상황이 오면 나도 열심히 도와주기로 결심했어! 내가 이로, 너를 도울 수 있어서 기뻐."

이로는 진심 가득한 말을 들으며 고개를 끄덕였다. 그리고 자신도 누군가에게 힘이 되고 싶다고 생각했다.

꼬르르륵!

이로와 해달은 아직 따뜻한 망개떡을 사이좋게 나눠 먹었다. 둘은 함께 먹으니 더 맛있다고 생각했다.

◆ ◆ ◆

인어에 대한 어떤 정보도 찾지 못한 남순과 희준, 창석은 해변으로 향했다. 파도를 따라 해변을 걷던 셋은 푹 파여있는 작은 발자국을 발견했다. 발자국은 모래사장 너머로 쭉 이어져 있었는데 주변에 얼핏 붉은 자국이 보였다. 혹시 인어가 흘린 피가 아닐까, 남순은 그런 생각을 했다.

"저쪽으로 이어지는 것 같아."

해변을 벗어나자 발자국은 사라졌지만, 붉은 자국은 남아있었다. 자국을 따라가던 셋은 동굴 입구에서 멈췄다.

"여기서 흔적이 끊겼어."

"이런 곳에 동굴이 있었구나."

희준은 감탄하며 주변을 살펴봤다. 동굴 안으로 들어갔다 나간 바퀴 자국이 있었다. 수풀 너머로 이어지는 자국을 바라보다 남순은 다시 동굴로 고개를 돌렸다.

"일단 들어가서 살펴보자."

파도가 거의 치지 않는 동굴 안은 잔잔한 물결만 반짝였다.

"오! 뭔가 발견했어!"

희준이 목소리를 높였다. 먹다만 꿀떡과 붕대가 있었다.

"다친 인어를 이곳으로 옮겼고, 누군가 돌보고 있는 것 같아."

남순이 붕대를 들추어 보며 말했다. 붕대 군데군데 피가 묻어 있었다.

"근데 인어가 아니라 다친 돌고래일 수도 있지 않아? 여기 해변에 곧잘 돌고래가 밀려온다잖아."

희준이 고개를 갸웃하며 물었다. 창석도 동의하듯 고개를 끄덕였다.

"그치. 그럴 수 있지."

남순은 허리를 숙여 바위 위에 떨어진 걸 주웠다.

"하지만 돌고래는 비늘이 없잖아."

남순이 집어 든 것은 엄지손가락만 한 비늘이었다. 빛이 쏟아지는 천장을 향해 들어 올리자, 투명한 비늘이 반짝 빛났다.

"인어의 비늘이 분명해. 드디어 찾았다. 인어의 흔적!"

◆ ◆ ◆

집으로 가는 길 내내 이로는 궁금한 게 무척 많았다. 오색의 꽃과 수많은 곤충 그리고 다양한 들짐승을 지나치는 동안 해달은 자신이 알고 있는 모든 걸 설명해 주었다. 모두 바닷속에서 보지 못한 신비한 것들이었다.

이로는 해달에게 할 말이 있는지 장독 안을 가리켰다.

해달이 물속으로 얼굴을 넣자 목소리가 들렸다.

"다음에 해달이 네가 바다로 놀러 오면, 그때는 내가 안내해 줄게!"

말갛게 웃는 이로의 얼굴이 고마움으로 가득했다.

"그 전에 네가 바닷속에서 다닐 수 있도록 헤엄도 가르쳐 주고!"

해달은 고개를 들고 물기를 닦았다.

"좋아! 너에게 배우면 금방 헤엄칠 수 있겠어."

해달은 다시 수레를 끌었다. 자작나무 숲을 지나니 집으로 가는 지름길에 금방 도착했다. 길가에 수레를 세우고 해달은 주변을 살폈다. 다행히 지나가는 사람은 없었다.

"여기서부터는 걸어가야 해. 수레로 계단을 오를 순 없으니까. 내 목을 잘 붙들어. 이로야, 준비됐지?"

이로가 주먹을 꽉 쥐고 고개를 끄덕였다. 해달은 이로의 등과 꼬리를 손으로 받치고 번쩍 들어 올렸다. 이로는 수레보다 더 가벼웠다. 하지만 물에 젖은 꼬리는 미끄러워서 조심해야 했다. 해달은 이로가 제 목을 잘 잡았는지 확인하고 심호흡을 했다.

"좋아. 꽉 잡아!"

별채의 정원이 워낙 넓어서 올라가는 계단도 꽤 많았다. 하지만 정문을 지나 붉은 벽돌 저택으로 가는 것보다는 훨씬 빨랐다. 계단을 오르는 동안 해달의 얼굴에서 땀이 뚝뚝 떨어졌다. 이로는 걱정스러운 눈으로 쳐다봤다. 미끄러지지 않도록 해달의 목을 꼭 끌어안았다.

"이제 거의 다 왔어. 쪽문만 지나면 연못이야."

해달의 말이 끝나자마자 풀에 가려졌던 쪽문이 나타났다.

77

쪽문을 밀고 정원으로 들어서자 탁 트인 연못과 그림처럼 예쁜 집이 펼쳐졌다. 파란 하늘이 반사된 연못은 물결 하나 없이 잔잔했다. 이로는 넋을 놓고 주변을 구경했다. 언제나 파도가 치는 바다와 정말 달랐다.

"여기야. 우리 집에 온 걸 환영해, 이로야! 저기서 나랑 정화 언니, 그리고 이모가 함께 살고 있어."

해달은 집에 대해 설명하며 연못에 발을 담갔다.

"저 집은 정화 언니 아빠가 어릴 적에 살던 곳이래. 이 연못은 아저씨가 어릴 때 만들었다고 들었어. 몸이 약한 아저씨를 위해 할아버지가 만드셨대. 다른 사람이 드나들지 않으니까, 이곳에 있으면 안전할 거야."

이로는 조심스럽게 물속으로 들어갔다. 짜지 않은 물이 신기한지 냄새도 맡고, 찍어서 먹어보기도 했다. 물에 떠 있는 연잎을 만지작거리는 이로를 보자 해달은 안심했다.

"나 이제 이모에게 두부랑 콩나물 주러 가 볼게. 생각보다 많이 늦어서 나를 찾고 계실 거야. 저녁에 정화 언니랑 다시 올 테니까 구경하고 있어."

이로는 고개를 끄덕이며 해달에게 손을 흔들었다.

해달은 연못을 따라 집으로 뛰어갔다. 멀어지는 해달의 뒷

모습을 바라보다가 이로는 천천히 물 위로 누웠다. 연못에 누워 파란 하늘을 보는 건 바다에서와 전혀 다른 기분이었다. 같은 하늘인데도! 해달을 만나지 않았더라면 이런 일은 꿈도 꾸지 못했을 텐데, 해달을 만나서 정말 운이 좋다고 하며 이로는 방긋 웃었다.

◆ ◆ ◆

남순은 희준, 창석과 함께 띠처럼 이어진 동그란 한옥 건물로 들어섰다. 이곳은 인어를 전시하기 위해 만든 수족관이었다. 안으로 들어가니 건축가와 이야기를 나누는 옥화가 보였다.

"군수님!"

남순의 부름에 옥화가 뒤를 돌아봤다.

"수조는 거의 완성됐나요?"

남순은 수조를 바라보며 물었다. 물이 차 있는 수조는 규모가 어마어마했다. 이렇게 거대한 수조는 살면서 처음 보았다.

"거의 마무리 단계예요. 이제 인어만 있으면 되는데, 찾았나요?"

옥화의 질문에 남순이 난처한
듯 머뭇거리다가 입을 열었다.

"아직 찾지 못했어요."

"그래도 인어를 보살핀 흔적
을 찾았어요. 누군가 다친 인어
를 돌보고 있는 것 같아요."

희준의 대답을 들은 창석이 뒤
에서 고개를 끄덕였다. 옥화는 그
말에 놀란 듯 눈을 동그랗게 떴다.

"아마도 섬사람일 텐데 마을 방송으로 찾아보면 어떨까
요?"

남순의 말에 옥화는 팔짱을 끼고 잠깐 생각에 빠졌다. 미간
을 살짝 찌푸린 옥화는 고민이 있어 보였다.

"혹시 나에게 호의적이지 않은 사람이 인어를 데리고 있으
면요?"

남순이 놀라서 되물었다.

"네? 이 섬에 그런 사람이 있나요?"

옥화는 크게 웃음을 터뜨렸다.

"당연히 있겠죠. 어떻게 모두가 저를 좋아하겠어요? 일단

마을 방송은 나중에 해 보고 계속 조용히 찾아봐 줄래요?"

남순은 옥화에게 어떤 이유가 있겠거니 생각하며 고개를 끄덕였다.

"네, 알겠습니다."

옥화는 뒤를 돌아 물이 가득 담겨 있는 수조를 바라봤다. 수조를 통과한 빛이 옥화를 희미하게 비추고 있었다. 남순은 비어 있는 수조를 보며 고개를 기울였다.

"근데 사람들이 인어를 보기 위해 돈을 내고 여기까지 올까요?"

옥화에게 수족관에 대한 설명을 듣긴 했지만, 남순은 여전히 의아했다.

"남순도 처음에 놀랐잖아요. 반은 사람, 반은 물고기인 인어 얘기를 듣고. 직접 보면 말도 못하게 신비롭다고 하더라고요."

수조를 들여다보는 옥화의 눈은 자신감에 차 있었다.

"전국에 있는 사람들이 인어를 보기 위해 우리 섬으로 몰려들 거예요. 돈을 아주 많이 벌 수 있겠죠. 조선소를 세울 수도 있고, 큰 어선을 살 수도 있어요. 그럼 새로 정착하는 사람도 늘어날 거예요."

포부를 말하는 옥화는 당당하고 자신 있어 보였다.

"상아섬은 이미 좋은 곳이지만, 우리는 더 좋게 만들 수 있어요. 그러기 위한 첫 단계로 인어가 필요해요. 반드시!"

무슨 수를 써서라도 인어를 수조에 넣겠다는 옥화의 다짐은 단단했다.

◆ ◆ ◆

시내 근처에 있는 상아 여관은 섬에 오는 외지인이 제일 많이 머무는 곳이었다. 선착장과 가깝고, 섬과 육지를 연결하는 유일한 다리와도 가까워서 오고 가기 편했다.

이 상아 여관에 어제부터 머물고 있는 사람이 있었다. 천으로 둘둘 감싼 커다란 막대기를 등에 메고 다니는 사냥꾼 호란이었다. 호란은 여관에 있는 전화기를 붙잡고 누군가와 통화하고 있었다.

"어부들 말을 들어보니 인어가 다친 모양입니다."

"뭐어? 아니, 뭘 어쨌길래 흠집난 거 아냐?"

수화기 너머 짜증 섞인 목소리가 들렸다. 호란은 익숙한 듯 대수롭지 않게 상대했다.

"글쎄요. 작살 같은 걸 사용한 게 아닐까요."

"어휴, 야만적이긴! 설마 죽은 건 아니겠지?"

상대는 걱정스레 물었다.

"네. 살아 있는 흔적을 찾았습니다. 누군가 데리고 있는 것 같아요."

호란 역시 동굴에서 발견한 흔적을 떠올리며 대답했다. 그리고 시장에서 돌아다니는 군수의 심부름꾼도 떠올렸다. 아직 군수도 인어를 찾지 못한 게 분명했다.

"그래, 옥화 씨보다 먼저 찾아야 하는 거 알지? 내가 자기 믿지만, 옥화 씨가 만만치 않아서 하는 말이야. 반드시! 꼭 찾아야 해! 나 이미 대형 어항도 주문했어!"

호란의 고용주인 금자는 갖고 싶은 건 무슨 수를 써서라도 가져야 하는 사람이었다. 호란은 이제까지 금자가 소유하고 싶어 하는 수많은

동물을 사냥했다. 사막에 사는 작은 여우부터 커다란 뿔을 가진 사슴, 그리고 희귀한 새와 커다란 호랑이까지. 이제까지 살면서 인어를 본 적은 없다. 하지만 다른 동물과 다를 것 없이 잡아서 넘기는 게 목적이었다.

"네, 반드시 잡겠습니다."

믿음직한 대답에 금자는 만족스러운 웃음을 터뜨렸다.

"오호호! 혹시 돈 부족하면 말해, 호란. 보내 줄 테니까."

"괜찮습니다. 이만 끊을게요."

"혹시 내가 그립진 않고? 내가 내려갈까?"

이야기가 길어질까 봐 호란은 황급히 수화기를 내려놨다. 마지막 말이 마음에 걸렸지만, 설마 진짜 내려오겠냐고 한숨을 쉬며 제 방으로 돌아갔다.

그날 밤 달이 뜨자 해달과 정화는 옆방에서 자는 이모가 깨지 않도록 조심하며 살금살금 방을 빠져나왔다. 초롱에 불을 붙여 밤길을 밝히고 이모가 코 고는 소리가 들리지 않을 때까지 조용히 걸었다. 별채를 벗어나자 정화는 숨을 크게 들이마셨다가 내뱉었다.

"후우! 나 너무 긴장해서 가슴이 아픈 것 같아."

연못에 있는 이로를 만날 생각에 정화는 몹시 설렜다. 가슴 위에 손을 얹자 빠르게 콩닥거리는 심장 소리가 느껴졌다.

"언니, 아픈 건 아니지? 그럼 이모 깨워야 해!"

해달이 놀라며 걱정스러운 표정으로 묻자 정화는 짓궂은 웃음을 지었다.

"말이 그렇다는 거지! 안 아프니까 걱정 마. 근데 인어는 어디에 있어?"

연못가에 도착한 정화가 주위를 두리번거렸다. 달빛이 밝긴 했지만 사물을 분간할 수 있을 정도로 환하지는 않았다. 어두운 연못에선 개구리와 맹꽁이 우는 소리만 들렸다.

"잠깐만 기다려 봐."

해달이 초롱을 천천히 흔들자 물살을 가르며 무언가 다가왔다. 빼꼼. 이로가 머리 위에 연잎을 얹고 정화와 해달을 바라보았다.

"세상에! 진짜 인어야!"

흥분한 정화가 입을 가리며 작게 소리쳤다. 해달은 쪼그리고 앉아 정화를 소개했다.

"늦어서 미안해. 여기는 내가 자주 말하던 정화 언니야."

"아, 안녕, 이로야! 나는 정화라고 해."

정화는 떨리는 목소리로 자신을 소개하며 몸을 숙였다.

"반가워. 너를 꼭 만나고 싶었어."

정화의 진심 어린 말에 이로가 방긋 웃으며 입을 뻐끔거
렸다.

"이로도 언니가 반갑나 봐."

해달이 웃으며 이로가 머리 위에 쓰고 있는 연잎을 떼어 냈
다. 그 모습을 바라보며 정화는 웃음을 터뜨렸다. 셋은 어두운

연못가에서 도란도란 이야기를 나누며 웃음꽃을 피웠다.

해달과 정화는 달이 산 너머로 숨기 전에 발걸음을 돌렸다. 다시 이모 몰래 방 안으로 살금살금 들어와 나란히 이부자리에 누웠다.

"정화 언니, 연못에 이로가 있다고 이모에게 말해야 할까?"

몸을 돌려 해달을 바라보는 정화의 눈이 장난스럽게 빛나고 있었다.

"말하지 말자! 우리끼리 비밀로 하는 거야. 그게 더 멋지잖아."

"그럴까? 좋아!"

해달이 웃으며 동의했다.

"그러면 군수님에게도 말하지 마?"

"어차피 엄마는 바빠서 여기에 올 시간도 없을걸."

정화는 토라진 말투로 툴툴거렸다. 아직도 옥화에게 화가 풀리지 않은 게 분명했다. 그래도 정화는 옥화가 준 팔찌를 다시 차고 있었다.

"갑자기 오실 수도 있잖아."

"글쎄. 엄마가 우리 말을 믿으면 만나게 해 주고, 믿지 않으면 보여 주지 말자. 인어가 있는 걸 믿지 않는 사람은 이로를 만날 자격이 없어."

이모와 선생님에게 거짓말쟁이로 몰렸던 일을 떠올리며 자기 대신 화를 내 주는 정화가 고마워 해달은 웃었다.

"그래, 알겠어. 그러자!"

옥화는 인어가 있다는 말을 믿어 줄 거라고 해달은 확신했다.

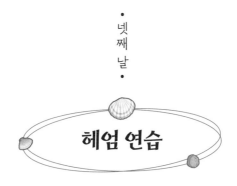

넷째 날

헤엄 연습

이모는 시내에 볼일이 있다며 아침 일찍부터 나갈 채비를 했다. 해달과 정화는 그동안 연못에서 이로와 함께 놀 생각에 신이 났다. 오늘은 수업도 없는 날이라 놀 시간이 많았다.

"돌아오는 데 시간이 좀 걸릴 테니 집 잘 지키고 있으렴. 부엌에 요깃거리 해 뒀으니까 챙겨 먹고."

"네!"

해달과 정화는 동시에 대답했다.

"해달이, 너는 어제 못 한 공부하고! 요즘 밖에서 노는 시간이 늘더니 수업에 빠지면 어떡하니? 도대체 뭐 하느라 늦었어?"

어제 이로를 데리고 오느라 아침 수업을 빠진 해달을 이모는 이상하게 생각했다. 평소에 없던 일이라 더 의심스러운 모양이었다. 해달은 눈을 굴리며 시선을 피했다. 인어 친구가 생겨서 그랬다는 말을 할 수는 없으니 뻣뻣한 대답이 나갔다.

"아, 아무것도 아니에요! 그냥 놀다가 늦은 거예요."

이모는 마지못해 자리에서 일어나며 끝까지 정화와 해달에게 주의를 주었다.

"정화 너는 집 밖으로 나가지 말고. 해달이는 숙제 꼭 해야 한다."

붉은 벽돌 저택으로 향한 이모의 모습이 더는 보이지 않자 해달과 정화는 호들갑을 떨며 일어났다.

"빨리 연못으로 가자!"

"잠깐만, 언니. 나 옷 좀 벗어 두고!"

오늘은 이로와 함께 헤엄을 연습하기로 했다. 고운 외출복을 입고 물에 들어갈 수는 없으니, 해달은 내의만 입고 연습하기로 했다.

"간식도 챙기자. 이로가 우리가 만든 매작과 좋아했다며."

"응! 많이 챙겨 가자! 이모가 만든 것도 같이 가져가고."

찬합 안에 이것저것 챙겨 넣자 금방 묵직해졌다. 무거운 찬합은 해달이 들고, 정화는 헤엄에 대해 적혀 있는 책과 양산 그리고 수건을 챙겼다. 밥풀이가 꼬리를 꼿꼿하게 세우고 앞장서 걸었다.

정화와 해달이 오는 것을 발견한 이로가 물 밖으로 고개를 내밀었다. 물에서 튀어나온 이로를 보고 밥풀이가 화들짝 놀라며 정자로 후다닥 뛰어갔다. 해달과 정화는 웃음을 터뜨렸다.

"잘 잤니, 이로!"

이로는 생긋 웃으며 고개를 끄덕였다. 연못 중앙의 정자에 도착해 찬합과 가져온 짐을 내려놓았다.

"헤엄 연습 끝나면 먹으려고 간식 좀 챙겨 왔어. 이따가 같이 먹자."

물에 들어가기 위해 신발을 벗는 해달을 보며 정화가 걱정스러운 목소리로 말했다.

"조심해야 해, 해달아. 나도 수영을 못하니까 너를 도울 수 없잖아."

"걱정 마, 언니! 이로는 인어야. 세상에서 제일 헤엄을 잘 칠걸!"

물속에서 무슨 일이 벌어지더라도 이로가 있으면 괜찮을 것 같아 정화의 마음이 놓였다.

연못 물에 발을 담그자 시원한 느낌이 몸을 감쌌다. 해달이 심호흡을 하며 마음의 준비를 하는 동안 정화는 헤엄에 대해 적혀 있는 책을 펼쳤다.

"일단 물에 뜨는 걸 연습해 봐. 우리 몸은 공기주머니 때문에 무조건 물 위로 뜬대. 몸에 힘을 빼고 가만히 있으면 뜰 수 있을 거야."

하지만 해달은 다리가 땅에 닿지 않으면 무서워서 당황하곤 했다. 숨이 부족해지기 시작하면 허우적거리다가 물을 왕창 먹었다.

"당황하면 그렇게 잘 안되는걸."

"침착해! 지금은 이로가 있잖아. 이로를 믿어."

이로가 방긋 웃으며 고개를 끄덕였다. 해달도 이로를 따라 고개를 끄덕였다.

"좋아, 해 볼게!"

용감하게 외치며 물속으로 뛰어든 해달은 금방 이로에게 업혀 물 밖으로 나와야 했다. 마음먹은 대로 움직이기 힘들었다.

"푸헤엑! 콜록, 콜록!"

이로는 해달이 빠지지 않도록 단단히 붙들고 물속에 입술을 담갔다. 이로가 말하고 있는 걸 깨달은 해달은 숨을 참으

며 얼굴을 반쯤 물에 넣었다.

"물에 빠지지 않도록 내가 잘 지켜볼 테니까 나를 믿고 몸에 힘을 좀 풀어 봐. 그리고 다리를 살살 흔들면 돼. 내가 꼬리를 흔드는 것처럼 말이야."

이로는 꼬리지느러미를 열심히 흔드는 모습을 보여줬다.

"넌 숨을 잘 참으니까 요령만 익히면 금방 할 수 있을 거야."

해달은 힘을 내 다시 도전했다. 이로가 천천히 손을 놓자 해달은 곧 물속으로 가라앉았다. 순간 겁이 났지만 명랑한 응원의 목소리가 들렸다.

"침착하게 몸에 힘을 빼. 난 네 바로 옆에 있어, 해달아."

두려움이 사라졌다. 긴장을 풀자 편안한 기분이 들었다.

"잘하고 있어! 이제 다리를 살살 움직여 봐."

몸이 조금 떠올랐다. 하지만 곧 숨이 부족해졌고, 이내 몸이 굳어 버렸다. 해달이 물을 마시기 전에 이로가 재빠르게 해달을 물 밖으로 밀어 올렸다. 잔디밭 위에 드러누워서 해달은 상쾌한 공기를 마음껏 들이마시며 물었다.

"나 그래도 조금 뜨지 않았어?"

이로는 방긋 웃으며 고개를 끄덕였다. 반으로 접힌 눈이 마치 잘했다고 칭찬하는 것 같았다.

"우리 엄마가 헤엄을 아주 잘 쳤대. 해녀였던 할머니 재능을 물려받았다고 마을 사람들이 그랬어. 엄마가 나도 배우면 금방 잘할 거라고, 돌아오면 가르쳐 주겠다고 그랬거든. 하지만 아빠랑 함께 깊은 바다 아래에 잠들어 버렸어."

담담히 말하는 해달은 슬퍼 보이지 않았다. 엄마와 아빠가 보고 싶긴 하지만, 그래도 자신을 챙겨 주는 좋은 사람들이 많았다.

"그래서 난 물이 무섭고 헤엄칠 줄 몰라. 근데 물속에 이로 네가 있으니까 하나도 무섭지 않았어! 아직 잘 뜨지 못하지만 금방 배울 수 있을 것 같아."

해달은 몸을 일으키며 웃었다. 이로는 고개를 끄덕이며 마주 웃었다. 너는 할 수 있다고 응원하는 것 같았다.

둘의 모습을 지켜보던 정화가 해달에게 수건을 건넸다.

"해달아, 감기 걸리기 전에 몸 좀 닦아."

"고마워, 언니!"

해달이 수건으로 몸을 닦으며 인사를 했다.

"콜록, 콜록!"

기침 소리에 해달과 정화가 놀란 표정으로 이로를 돌아봤

다. 이로는 몸을 들썩이며 연신 기침을 했다.

"인어도 감기에 걸리나?"

걱정스러운 목소리로 정화가 중얼거렸다.

"이로야, 괜찮아?"

해달이 묻자 이로는 고개를 끄덕였고 기침은 금세 멎었다. 잠깐 지나가는 바람이 차가웠나? 멀쩡해 보이는 이로의 얼굴을 한참 들여다보다 해달은 어깨를 으쓱였다.

"우리 간식 먹을까? 그러고 나서 더 연습해 보자!"

찬합을 열어 이모가 준비한 약밥과 꿀떡, 그리고 해달과 정화가 만든 매작과를 이로에게 보여 줬다. 간식을 본 이로의 눈이 반짝반짝 빛났다.

어떤 증상

호란은 아침 내내 시장을 돌아다니며 인어의 흔적을 찾아봤지만, 아무것도 찾지 못하고 상아 여관으로 돌아왔다. 동굴에서 나간 수레바퀴 자국은 분명히 시장 쪽으로 이어졌는데, 사람과 수레가 많이 오고 가는 탓에 더는 추적할 수 없었다. 어쩌면 옥화가 먼저 인어를 찾아냈을지도 모른다는 생각이 들었다.

호란이 이런저런 고민을 하는 사이에 어느새 머무는 방에 도착했다.

"호란! 잘 지냈어?"

문을 열자 금자가 제 짐을 한가득 쌓아 두고 호란을 맞이

했다. 금자가 이곳에 있는 게 그렇게 놀랍지 않았다. 기다리는 걸 제일 싫어하는 금자답게 참지 못하고 상아섬으로 내려온 것이다.

"내가 왔는데 안 놀랐어? 반가워하지도 않고! 재미없어."

덤덤한 반응에 금자는 볼을 부풀리며 호란을 노려봤다.

"여기는 왜 내려왔어요?"

"당연히 내 인어를 만나러 왔지! 마냥 기다리자니 답답해서 말이야. 그리고 인어가 다쳤다며? 혹시 죽을 수도 있으니까 대비해야 하지 않겠어?"

금자는 박제 도구가 들어 있는 가방을 톡톡 치면서 활짝 웃었다. 살아 있는 동물을 제일 좋아하지만 피치 못하게 죽으면 박제해서 데려가는 경우도 더러 있었다.

"평소라면 가만히 있는 게 도와주는 일이라고 말했을 텐데, 마침 당신이 필요한 일이 있네요."

호란이 제멋대로 행동한 자신에게 평소처럼 화내지 않자 금자는 기세등등했다.

"정말? 맡겨만 줘! 인어를 갖기 위해서라면 나 뭐든지 할 수 있으니까."

"군수가 인어를 이미 잡아서 숨겨 뒀을 수도 있어요. 제가 저택에 들어가서 단서를 찾는 동안 군수의 신경을 끌어 주세요."

호란의 말에 금자는 허리에 손을 얹고 턱을 쳐들었다.

"그 정도야 어렵지 않지! 같이 밥 먹고 섬 구경 시켜 달라고 하면 되겠지?"

"그러면 찾을 시간은 충분하겠네요."

나갈 준비를 마친 호란은 문고리를 잡고 금자를 돌아봤다.

"서로 할 일이 끝나면 여기에서 봅시다. 알겠죠?"

"응!"

금자는 크게 대답하고 호란을 따라 상아 여관을 나섰다.

◆ ◆ ◆

맑은 하늘이 비치는 연못에서 첨벙거리는 소리가 들렸다. 오늘도 열심히 헤엄 연습을 하는 해달은 전날보다 더 오래 물 위로 얼굴을 내밀고 있었다. 이로가 말한 대로 물 아래에서 열심히 발장구를 친 덕분이었다. 그런 해달을 바라보는 이로와 정화 그리고 환은 박수를 치며 해달을 응원했다. 물 위에 꽤 오래 떠 있던 해달이 힘이 빠져 가라앉자, 이로가 해달을 잡고 물가로 옮겨 줬다.

"예전엔 잠깐도 떠 있지 못했는데, 정말 많이 늘었다!"

이환이 놀라며 칭찬하자 해달은 뿌듯했다.

"그치! 이게 다 좋은 선생님이 있어서 그래."

이로가 부끄러워하며 붉어진 얼굴을 물속으로 숨겼다.

이환은 고생한 이로에게 간식을 건넸다. 이환과 이로는 오늘 해달과 정화의 소개로 처음 만났다. 이로는 사근사근한 이환에게 금방 마음을 열었다.

"곧 바다에서 헤엄칠 수 있겠는걸? 바닷물에서는 더 뜨기 쉽거든."

그 말에 해달이 놀란 표정을 지었다. 바다에서 헤엄치는 건 더 어려울 줄 알았는데!

"정말?"

"응. 파도 때문에 조금 힘들긴 하지만 말이야. 다음에 다같이 바다에 가 보자."

"좋아!"

신이 나서 웃는 해달과 달리 정화의 표정은 어두웠다. 함께 가고 싶었지만 분명 엄마는 싫어할 게 뻔했다.

정화의 시무룩한 표정이 신경 쓰였는지 이환은 고개를 숙여 정화를 들여다봤다.

"정화야, 왜 그래?"

"아, 나도 가고 싶은데…."

며칠 전에 잠깐 쓰러진 걸 이환도 바로 옆에서 봤던 게 기억났다. 이모나 엄마처럼 안 된다고 할까 봐 더 말을 잇지 못했다. 걱정이 무색하게 이환은 밝게 대답했다.

"물론 정화도 함께 가야지!"

그 말에 너무 기뻐서 정화는 활짝 웃었다.

"사냥꾼들이 모두 사라지면 다 같이 놀러 가자. 너무 재밌을 것 같아. 그렇지, 이로야?"

이로가 대답을 하려다가 갑자기 기침을 터뜨렸다. 어제처럼 요란스러운 기침이 한참 이어졌다. 모두가 걱정스러운 표정으로 이로를 바라봤다.

"어제도 그러더니…. 이로, 어디 아파?"

해달이 걱정스러운 마음에 이로의 이마 위로 손을 뻗었다. 손에 닿은 이마가 뜨끈뜨끈했다. 한겨울에 지독한 감기에 걸려 일주일 넘도록 고생했던 정화 언니보다도 더 뜨거웠다.

"뜨거워! 이로 아픈가 봐!"

동그랗게 눈을 뜨고 해달이 외쳤다.

"다친 것 때문일까?"

정화가 걱정스러운 말투로 물었다.

"상처는 거의 다 아물어 가는데…. 뭐가 문제일까?"

콜록콜록 잔기침을 하는 이로도 자신이 왜 아픈지 모르는 눈치였다. 붉어진 얼굴로 고개를 젓는 이로의 모습에 모두가 한동안 말없이 생각에 잠겼다.

"해달아, 일단 나와서 물기 좀 닦아. 물 안에만 있으면 너도 감기 들겠어."

이로는 원래 물속에서 사는 인어니까 해달처럼 물에 있는 게 문제가 될 리는 없었다. 해달이 걱정스러운 표정을 짓자 정화가 위로했다.

"조금 지켜보고 열이 더 오르면 내가 먹었던 감기 약을 줘

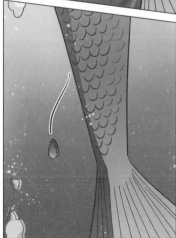

보자.”

해달은 시무룩하게 고개를 끄덕였다. 걱정하지 말라는 듯 이로는 입을 뻐끔거리며 해달의 무릎을 톡톡 쳤다.

“이로야, 네가 아프지 않았으면 좋겠어. 저녁으로 맛있는 밥을 잔뜩 가져올게. 아플 때는 잘 먹어야 금방 나으니까. 다녀올 테니 쉬고 있어!”

저녁을 먹으러 떠나는 해달을 보며 이로가 손을 흔들었다. 잔기침을 계속하던 이로는 머리가 뜨거워서 몽롱한 기분이었다. 이제까지 이런 적이 없어서 이로도 자신이 왜 아픈지 알 수 없었다.

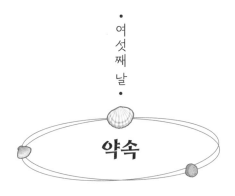

여섯째 날

약속

옥화는 빛이 잘 들어오는 사무실 창가에 서서 남순에게 인 어에 대한 소식을 들었다.

"요 며칠 동안 흔적을 찾아볼 수 없어요. 마을 사람에게 물 어봤지만 인어를 봤다는 목격자도 없고요."

옥화의 얼굴에 근심이 어렸다.

"흠, 벌써 빼돌렸을까요…."

짐작 가는 곳이 있는 듯한 말에 남순은 고개를 갸웃거렸다.

"빼돌리다니… 짐작 가는 사람이 있나요?"

옥화는 기억을 떠올리듯 눈을 지그시 감았다가 떴다.

"우리 섬 사업에 큰돈을 투자하는 분이 있어요. 투자 얘기를 나누던 중에 동물에 대한 얘기가 나왔어요. 그분은 자기가 동물을 아주 좋아한다고 그랬죠. 희귀할수록 더 좋다면서요."

거기까지 말하고 옥화는 한숨을 쉬더니 말을 더 이었다.

"저는 별생각 없이 인어 이야기를 꺼냈어요. 희귀한 볼거리를 섬에 유치할 예정이라고, 인어를 본 적이 있냐고 물었더니…."

"물었더니…?"

남순과 희준, 창석이 몸을 앞으로 빼며 이야기에 집중했다.

"인어를 자기가 꼭 갖고 싶다며 흥분하더라고요. 투자는 얼마든지 할 테니 인어를 자기에게 꼭 달라며. 마치 떼쓰는 어린애처럼 말이에요."

옥화는 머리가 아픈 것처럼 미간을 찌푸렸다.

"그 이후로 인어를 잡았냐고 시도 때도 없이 연락을 하더라고요. 하지만 인어를 잡더라도 그 사람에게 줄 수 없어요. 인어는 우리 사업에서도 중요하니까. 아무튼 그렇게 집착을 하니까, 혹시 그 사람이 가로챘나 했어요."

걱정스러운 옥화의 얼굴에 희준이 좋은 생각이 떠올랐다는 듯 손뼉을 쳤다.

"그럼 반대로 인어가 아니라 그 사람을 찾아볼까요? 인어

의 흔적이 없어서 지금 당장 할
일도 없고요."

"오, 좋은 생각이야! 그분 인
상착의와 성함 좀 알려 주세요,
군수님."

할 일을 찾자 남순은 활짝 웃
었다.

"그 사람 이름은…."

똑똑.

갑자기 노크 소리와 함께 비
서가 들어왔다. 비서는 당황스
러워 보였다.

"군수님! 손님이 찾아왔는데
요. 미리 연락하신 분은 아닌
데… 어머머!"

"안내해 줘서 고마워요!"

비서를 옆으로 밀면서 한 여
자가 들어왔다. 커다란 챙이 달
린 화려한 모자를 쓴 금자는 옥

화를 보며 환히 미소 지었다. 진심으로 반가운 듯 호들갑 떨면서 인사했다.

"연락도 없이 갑자기 찾아와서 미안해요, 옥화 씨!"

"… 금자 씨, 오랜만이에요."

옥화는 금자를 보고 놀랐지만 황급히 표정을 감췄다. 방금까지 인어를 가로챘다고 생각한 사람이 갑자기 눈앞에 나타났으니 놀랄 수밖에 없었다. 애써 미소를 지으며 인사했다.

"잘 지냈죠, 옥화 씨! 조촐하지만 이건 선물이에요."

고급스러운 비단 보자기로 싼 상자를 내밀며 활짝 웃는 금자는 이 상황이 즐거운 듯했다.

"고마워요. 그런데 갑자기 이곳에는 무슨 일로 오셨어요?"

"옥화 씨가 지난번에 언제든지 놀러 오라고 했잖아요. 투자한 사업이 어떻게 진행 중인지 한번 보고 싶기도 했고요."

선물을 건네고 금자는 자연스럽게 사무실 소파에 앉았다. 그 행동이 마치 자기 사무실인 것처럼 편안해 보였다.

"그리고 저희 못다 한 얘기가 있잖아요. 내 인어는 어디에 있어요?"

인어를 찾는 모습도 맡겨 둔 물건을 찾는 것처럼 당당했다. 남순과 희준, 창석이 놀란 표정으로 서로를 쳐다봤다.

"인어를 하루라도 빨리 만나고 싶어서 찾아왔답니다."

그 말을 들은 옥화는 내심 안심했다.

'금자 씨도 인어가 어디 있는지 몰라. 그렇다면 금자 씨보다 더 빨리 인어를 찾아야 해.'

"잠시 기다려 줄래요? 지금 일 얘기를 나누던 중이라….'

옥화는 남순을 가리키며 금자에게 양해를 구했다.

"어머나, 미안해요! 편하게 일 보세요, 옥화 씨. 난 여기서 얼마든지 기다릴 수 있으니까."

금자는 사무실 곳곳을 둘러보며 시선을 돌렸다. 옥화는 남순을 바라보며 조용히 고개를 끄덕였다.

"그럼 전에 말한 대로 마을에 방송해 주세요.'

금자가 오기 전에 나누던 대화와 이어지지 않는 말이었지만, 남순은 눈치가 빨라 의도를 금방 알아차렸다. 방송으로 인어를 수소문해 빨리 찾아내라는 것. 그리고 인어에 집착하는 사람이 눈앞에 있는 저 중년 여성이라는 느낌이 왔다.

"그렇게 하겠습니다."

"그럼 저희는 이만 가 볼게요, 군수님."

희준도 눈치채고 창석과 함께 사무실을 떠났다. 서둘러 방을 빠져나가는 셋을 보며 옥화는 금자보다 빠르게 인어를 찾을 수 있길 바랐다.

셋이 나가자 금자는 목을 가다듬으며 입을 열었다.

"큼큼. 그럼 본격적으로 인어에 대해 얘기를 나눠 볼까요? 인어는 어디에 있어요?"

기대에 찬 금자의 눈이 반짝반짝 빛났다. 보는 사람이 부담스러울 지경이었지만, 옥화는 최대한 사무적인 태도로 입을 열었다.

"인어는… 잡을 뻔했는데 놓치고 말았어요."

"네에?! 그때 잡을 수 있다고 했잖아요!"

금자가 눈을 동그랗게 뜨며 자리에서 벌떡 일어났다.

"제가 너무 자만했나 봐요. 헛걸음하게 해서 미안해요, 금자 씨."

"나중에 다시 잡을 가능성은요?"

"지금 당장은 알 수 없어요. 바다는 너무 넓으니까요."

희망이 꺾인 금자의 어깨가 축 처졌다. 잔뜩 울상이 된 얼굴은 실망한 기색이 역력했다.

"옥화 씨. 저 너무 슬퍼요. 인어를 가질 생각에 신나서 이 촌동네까지 한걸음에 내려왔는데!"

힘이 쭉 빠진 얼굴은 원하는 선물을 받지 못한 아이처럼 심통 나 보였다. 볼을 부풀리고 발을 구르며 성질을 부리던 금자는 갑자기 자리에서 벌떡 일어났다.

"그러니까 맛있는 밥이라도 먹어야겠네요. 우리 같이 점심 먹을까요? 이 섬에서 제일 맛있는 음식점이 어디예요?"

금세 언어를 까먹은 사람처럼 방긋 웃으며 점심 메뉴를 고민하는 금자는 정말 이상한 사람 같았다. 하지만 언어에게서 관심을 돌리는 편이 좋다고 생각했기에 옥화는 그 말을 받아 줬다.

"생선찜이 맛있는 곳이 있어요. 거기로 갈까요?"

"좋아요!"

둘은 점심을 먹기 위해 붉은 벽돌 저택을 나섰다. 옥화는 금자가 시간을 벌기 위한 꿍꿍이를 가지고 있음을 꿈에도 생각하지 못했다.

◆ ◆ ◆

금자가 옥화를 상대하는 동안 호란은 붉은 벽돌 저택을 구석구석 살피고 있었다. 저택 안에는 사람이 많았지만, 다들 바쁘게 돌아다니고 있어서 그림자처럼 움직이는 호란을 아

무도 보지 못했다. 1층에서는 일하는 사람들이 분주하게 들
락거렸고, 2층에는 자료실과 일꾼들의 방, 그리고 군수가 머
무는 방이 있었다. 어디에서도 인어에 대한 단서를 찾지 못했
다. 혹시 방에 숨겨 둔 게 아닐까 싶어 호란은 군수의 방에 몰
래 들어갔다.

　깔끔하게 정리된 방 한쪽에는 티 테이블이 있었다. 테이블
위에 종이가 펼쳐져 있어 호란은 슬쩍 살펴봤다. '대형 수족

관 계획표'라고 적혀 있는 종이는 도면처럼 보였다. 어쩌면 이곳에 이미 인어를 옮겨 둔 게 아닐까? 도면을 꼼꼼히 살핀 뒤 호란은 조용히 방을 빠져나왔다.

계단을 내려가는데 일꾼 두 명이 낡은 항아리와 자개함을 들고 어디론가 가고 있었다.

"이거 어디에 두라고 하셨지?"

"네 건 창고에 두고, 이건 별채로 가야지. 제일 좋은 물건은 무조건 별채로 가는 거 몰라? 거긴 군수님이 아끼는 것만 모아 두는 곳이잖아."

"아, 그렇지."

뒷문으로 나가는 일꾼의 뒤를 호란이 조용히 따라갔다. 제일 아끼는 것만 모아 둔다는 말이 신경 쓰였기 때문이었다.

◆ ◆ ◆

공부를 끝내고 예쁘게 차려진 다과를 먹다가 해달은 이로를 떠올렸다.

"선생님! 저 궁금한 거 있어요."

"어떤 게 궁금한가요?"

해달이 번쩍 손을 들며 며칠 전 이로가 물어봤던 질문에 대해 물었다.

"배는 무겁잖아요. 그런데 어떻게 바다 위에 계속 떠 있을 수 있어요? 사람은 언제부터 불을 사용했어요? 불은 왜 손에 닿으면 뜨거워요?"

봇물 터지듯 쏟아지는 질문에 선생님은 놀란 표정을 지었다. 해달은 성실하고 똑똑한 학생이지만, 이제까지 이렇게 많은 질문을 한 적은 없었다.

"전부 알려 주세요!"

선생님은 대답하기 전 목을 가다듬었다.

"음, 해달이가 이렇게 호기심이 많은 학생인 줄 몰랐네요. 일단 첫 번째 질문부터 알아볼까요?"

공책과 연필을 손에 쥐고 해달은 선생님 쪽으로 몸을 기울였다.

"배는 부력이라는 것 때문에 물 위에 뜰 수 있답니다."

처음 듣는 단어에 해달이 고개를 갸웃했다.

"부력이 뭐예요, 선생님?"

"배가 물에 잠기면 잠긴 부피만큼 밀어내는 힘을 받는데요, 이 힘이 중력의 반대 방향으로 작용을 해요. 중력이 무엇

인지는 아나요?"

"어, 그러니까…."

해달이 당황하며 말을 더듬었다.

"배가 뜨는 이유를 설명하기 위해선 해달이가 앞서 배워야 하는 지식이 있어요. 배움에는 순서가 있거든요. 물에 뜨는 방법을 알아야 헤엄을 배울 수 있는 것처럼 말이에요."

선생님이 헤엄을 예시로 들자 해달은 조금 알 것 같았다. 이로에게 물에 뜨는 방법을 배우고 나니, 앞으로 조금씩 헤엄 치는 건 생각보다 어려운 일이 아니었다.

"차근차근 공부하다 보면 언젠가 이해하는 날이 올 거예요."

고개를 끄덕이는 해달을 선생님은 대견하다는 듯 바라봤다.

해달이 이해하지 못하는 건 다음번에 더 공부하기로 했다. 선생님이 알려준 이야기를 이로에게 빨리 말해주고 싶었다.

그래서 정화와 함께 짐을 챙겨 나갈 준비를 하는데, 그런 둘 앞을 이모가 가로막았다.

"너희 둘! 요즘 어딜 그렇게 돌아다니니?"

의심스러운 눈빛에 정화가 당황하며 말을 더듬었다.

"그, 그냥 날이 좋아서 정원으로 소풍 나가는 거예요! 그렇지, 해달아?"

"으응! 맞아!"

눈을 마주치지 못하고 다른 곳을 바라보는 해달을 이모는 가늘게 뜬 눈으로 노려봤다. 이모는 허리에 손을 얹고 엄격한 목소리로 말했다.

"혹시 정화 너 집 밖으로 나가는 건 아니겠지?"

"이모는 왜 맨날 의심만 해? 나 진짜 안 나갔어요!"

정화가 억울한 듯 씩씩거렸다. 이로, 해달과 함께 정원에만 있었으니 집을 나가지 않은 건 사실이었다.

"정말로 정화 언니랑 정원에 있었어요."

"그럼 요 며칠 내내 정원에서 뭘 하고 있는데?"

매일같이 보는 정원에서 하는 일이 무엇이냐는 질문에 해달은 눈을 굴렸다. 거짓말을 잘하지 못하기 때문에 해달은 사실을 반만 말하기로 했다.

"실은 제가 연못에서 헤엄 연습을 하고 있거든요!"

이모는 그 말에 눈을 커다랗게 떴다. 난데없는 헤엄 연습에 놀란 눈치였다.

"연못에서 헤엄 연습을 한다고?"

"네! 아직 잘 못해서 이모에게 말 안 했어요."

해달은 이모를 살피며 조심스럽게 덧붙였다.

"그러니까 제가 잘하기 전까지 훔쳐보면 안 돼요, 이모!"

의심을 거둔 이모는 궁금한 게 풀렸는지 속 시원한 얼굴로 고개를 끄덕였다.

"그래. 알았다, 알았어! 그런데 왜 답답한 연못에서 연습을 하니? 바로 앞에 넓고 깨끗한 바다를 두고."

이모가 툭 던진 말에 해달은 아차 싶었다. 너무 놀라서 말이 나오지 않았다.

"연못 뿌연 것 좀 봐. 물이 탁하면 물고기도 살기 힘들어한다더라. 물론 그 연못이 굉장히 넓긴 하지만, 그래도 사방이 뚫려 있는 바다에 비할 수 있겠어?"

해달은 큰 충격을 받았다. 이모의 말을 들으니 이로가 왜왜 아픈지 이유를 알 것 같았다. 바다같이 커다랗고 넓은 물에서 살던 이로에게 연못이 맞지 않았던 것이다!

"그러니까 이왕이면 넓고 깨끗한 바다에서 연습하렴."

이모는 그렇게 말하고 그릇과 컵을 들고 부엌으로 갔다. 넋이 나간 해달을 보고 정화가 어리둥절한 표정을 지었다.

"언니. 나 알았어."

"뭘 말이야?"

해달은 뜸을 들이다가 힘겹게 입을 열었다.

"이로가… 이로가 왜 아픈지 이유를 알겠어. 바로 물 때문이었던 거야!"

해달은 벌떡 일어나서 연못을 향해 뛰었다. 지금 이 순간에도 연못에 있는 이로가 너무 걱정됐다. 연못가에 도착하자마자 이로를 애타게 불렀다.

"이로야! 이로야!"

작은 외침에 연못 한구석에서 연잎을 살짝 들추며 이로가 얼굴을 내밀었다. 해달은 이로를 발견하고 곧장 달려갔다.

"너 지금 당장 바다로 가야 해! 그래야 네가 아프지 않아!"

흥분한 해달의 모습에 이로는 어리둥절한 표정을 지었다.

"네가 아픈 이유는 아마도 여기 물 때문인 것 같아. 정확한 이유는 몰라도 연못 물은 바닷물이랑 다르니까! 다 내 잘못이야. 난 그런 줄도 모르고 널 여기로 데려왔어. 미안해, 이로야. 아무튼 지금 당장 바다로 가자!"

선생님처럼 차근차근 설명해 주고 싶었지만 급한 마음에 횡설수설했다. 그때 이로가 해달의 손 위로 자신의 손을 겹쳤다. 이로가 잡아 끄는 힘을 따라 해달은 몸을 숙여 연못 안으로 귀를 담갔다.

"진정해, 해달아. 지금 당장 죽는 것도 아니잖아. 난 아직 괜찮아!"

이로는 손등을 토닥이며 해달을 안심시켰다. 이로의 말처럼 지금 당장 이로가 잘못되는 게 아니다. 더 늦기 전에 이로를 바다로 다시 옮겨 두기만 하면 금세 건강해질 수 있을 것이다.

"해달아!"

먼저 뛰어간 해달을 따라 정화가 연못에 도착했다. 이야기를 다 듣고 나서 정화의 얼굴에도 걱정이 가득했다.

"그럼 이로를 빨리 바다로 보내야겠구나."

"오늘 바로 옮기는 게 좋지 않을까?"

"지난번에 이로 데리고 올 때 힘들지 않았니? 혼자서 괜찮겠어?"

수레와 장독을 이용해 연못까지 옮기는 건 쉽지 않았지만,

이로를 위해서라면 당연히 또 할 수 있었다.

"오래 걸리고 힘들어도 이로를 위해선 할 수 있어."

해달은 당장이라도 달려갈 것 같았다. 정화는 머뭇거리다가 조심스럽게 입을 열었다.

"아니면… 엄마에게 물어볼까? 엄마는 자동차도 있잖아."

좋은 생각이었다. 해달과 정화의 부탁이라면 옥화는 꼭 들어줄 거라 믿었다.

"맞아. 군수님은 분명히 도와주실 거야!"

도움이 필요한 사람을 잘 챙기는 군수님이라면 반드시 이로를 도와줄 게 분명했다.

정화는 자리에서 일어나 옷에 묻은 풀을 툭툭 털었다. 대단한 결심을 하는 것처럼 주먹을 불끈 쥐었다.

"그럼 내가 지금 가서 엄마에게 물어보고 올게."

"응! 다녀와, 언니! 우린 여기서 기다리고 있을게."

정화 스스로 군수를 찾아가는 일이 이제까지 없었기 때문에 해달은 내심 놀랐다. 용기를 낸 정화가 대단하다고 느껴졌다. 붉은 벽돌 저택으로 향하는 정화의 뒷모습을 보며 마음속으로 응원했다.

"둘이 얘기 잘 나누면 좋겠다."

해달은 옷을 갈아입고 연못으로 풍덩 들어갔다. 정화가 군수와 함께 언제 돌아올지 모르겠지만, 지금이 이로를 바다로 다시 돌려보내기 전에 함께 헤엄 연습을 할 수 있는 마지막 기회였다. 둘은 하늘이 떠 있는 연못에 가만히 몸을 맡겼다.

"있지, 이로야. 미안해. 너를 도와주려고 했는데, 아프게 해 버리고 말았네."

축 처진 목소리로 해달은 이로에게 사과했다. 이로는 손을 내저었다.

"네가 일부러 그런 게 아니잖아. 나도 내가 연못에서 몸이 아플 줄 몰랐어."

고개를 푹 숙이는 해달에게 불쑥 손이 다가왔다. 하얀 손은 해달의 볼을 쓰다듬더니 양옆으로 쭉 잡아당겼다. 아프지 않은 손장난에 해달이 웃었다. 이로는 해달을 보며 자신의 이야기를 천천히 풀어 놓기 시작했다.

"난 어릴 때부터 바다 너머 세상이 궁금했어. 왜 사람들은 거친 파도를 넘어 바다로 나오는지. 어디를 가는지, 어떤 걸 먹고, 어떤 걸 즐기며 사는지. 전부 알고 싶었거든. 그래서 매일 물 위로 올라가 바다로 오는 사람들을 지켜본 거야."

이로는 궁금한 걸 물어보던 때처럼 반짝반짝 빛났다.

"땅 위는 내 힘으로 도저히 갈 수 없었는데, 해달이 네가 나를 여기까지 데려와 줬잖아. 고라니라는 동물이 있다는 걸 처음 알았고, 자동차라는 것도 처음 봤어. 꿀떡도 매작과도 너무 맛있었고. 비록 내가 있을 곳은 아니었지만 이 연못도 너무 아름다운 곳이야. 너랑 있는 동안 나 너무 즐거웠어!"

진심 가득한 말에 해달은 눈물이 고일 것 같았다.

"그러니까 그렇게 너무 미안해하지 말아. 응?"

"응!"

해달은 눈물을 삼키며 고개를 끄덕였다. 그리고 새끼손가락을 이로에게 내밀었다.

"내가 너를 여기로 데려왔으니, 꼭 다시 바다로 데려다줄게. 약속해!"

내민 새끼손가락을 이로는 신기하게 바라봤다. 해달은 이로의 손을 잡아끌어 서로의 새끼손가락을 걸었다.

"이건 약속하는 거야. 반드시 지키겠다고 다짐하는 거지. 이렇게 서로 새끼손가락을 걸고 위아래로 흔들면 돼."

해달을 따라 손을 위아래로 흔들며 이로는 '약속'이라고 중얼거렸다. 해달은 자신을 바다로 꼭 데려다줄 것이다.

정화는 붉은 벽돌 저택에 도착했다. 바쁜 엄마를 방해하고 싶지 않다는 핑계로 잘 오지 않았기 때문에 아주 오랜만의 방문이었다. 그래서 마주치는 사람마다 정화를 반가워했다.

"정화야, 오랜만에 왔네! 군수님 만나러 왔니?"

"네. 엄마는 어디에 계세요?"

비서는 곤란한 얼굴로 웃었다. 오랜만에 본관에 온 정화가 하필이면 옥화가 없는 시간에 온 것이 안타까운 듯한 눈치였다.

"지금 군수님은 점심 드시러 가셨는데 어쩌지."

"혹시 엄마 사무실에서 기다려도 괜찮을까요?"

조심스럽게 물어보는 정화에게 비서는 반색했다.

"그래도 되고말고."

비서의 안내를 따라 정화는 사무실로 들어갔다. 비서는 과자와 음료수를 잔뜩 주고는 떠났다.

정화는 낯선 사무실을 천천히 둘러봤다. 사무실은 볕이 잘 들고 따뜻해 보였다. 이곳이 엄마가 제일 오랜 시간을 보내는 곳이라 생각하니 기분이 이상했다. 정화에게 엄마는 차갑고 냉정한 사람이었기 때문이다.

사무실 한구석에는 사진이 진열되어 있었다. 가까이 다가 가 살펴보니 엄마와 아빠가 함께 찍은 사진과 정화가 태어난 후에 세 가족이 함께 찍은 사진이었다. 해달과 살게 된 후에 셋이서 찍은 사진도 있었다. 정화와 해달의 방에 있는 사진과 똑같 았다.

"엄마도 이 사진을 갖고 있구나."

제일 오랜 시간을 보내는 이곳에 자신들의 사진을 두고 있다는 것이 정

화는 내심 기뻤다.

"정화야."

정화가 고개를 돌렸다. 옥화가 사무실 안으로 막 들어오고 있었다. 옥화는 정화가 이곳에 있는 것을 보고 매우 놀란 눈치였다.

"기다리고 있었다며? 오래 기다렸니?"

"어, 아니에요!"

마지막으로 옥화를 봤을 때 화를 내며 팔찌를 던졌던 것이 생각나 정화는 어색해졌다. 그 팔찌는 지금 정화의 팔에서 반짝거리고 있었다.

옥화도 정화와 단둘이 대화를 나누는 게 오랜만이라는 생각을 했다.

"밥은 먹었지? 엄마랑 같이 차랑 간식 먹으며 얘기 나눌까?"

그 말에 정화는 고개를 번쩍 들고 활짝 웃었다.

"난 좋아!"

따르릉.

그때 사무실에 있는 전화가 요란하게 울렸다. 마치 옥화가 일을 다시 시작해야 한다는 신호 같아서 정화는 풀이 죽었다.

엄마에게 제일 중요한 건 일이니까.

"엄마 아직 쉬는 시간이 안 끝났으니까 정원에 나가자. 며칠 전에 이모가 매작과를 가져왔어. 해달이랑 함께 만들었다며?"

옥화가 일보다 자신과 함께 있는 시간을 선택한 게 믿기지 않아서 정화는 눈을 동그랗게 떴다. 옥화는 이미 사무실 밖으로 나가고 있었다. 정화는 웃으며 군수를 쫓아갔다.

"매작과는 엄마가 제일 좋아하는 간식인데, 고마워."

"나도 알아! 저번에 이모가 말해 줬거든."

엄마와 시간을 보낼 수 있다는 생각에 들떠 정화는 이로에 대해 말해야 하는 걸 잠시 까먹고 말았다.

◆ ◆ ◆

맑고 화창한 섬 구석구석에 방송이 울려 퍼졌다. 논밭에서 일하던 주민도, 시장에서 장을 보던 주민도 하던 일을 잠시 멈추고 방송에 귀를 기울였다.

아아, 마을 주민에게 알립니다. 다리 대신 물고기 꼬리를 가진 아이

를 본 적 있는 분, 혹은 그런 아이를 보호하고 있는 사람을 알고 있는 분은
동사무소나 군청으로 연락 주시길 바랍니다.

방송을 들은 사람은 놀란 눈으로 서로를 바라봤다. 다리가
꼬리인 사람이 있다고? 혹시나 장난이 아닐까, 그렇게 생각
하며 귀를 기울였다.

군수님이 매우 애타게 제보를 기다리고 있으니, 주민 여러분의 적극
적인 참여 부탁드리겠습니다. 연락을 주신 분들에게는 소정의 보상을 약
속드리오니….

군수까지 거론되자 사람들은 방송 내용이 진짜라고 믿을
수밖에 없었다. 사람들은 서로 그런 아이를 본 적이 있는지
묻기 시작했다.
시장 한편에 있는 국밥집에서 점심을 먹던 희준은 방송이
끝날 때까지 숟가락질을 멈췄다.
"그럼 이제 우리는 가만히 기다리면 돼?"
"그렇지, 뭐. 지금 당장 할 수 있는 일도 없잖아."
희준의 말에 남순이 대답하며 국밥을 크게 한 숟가락 떴

다. 군수의 일이라면 팔 걷고 나서는 사람들이 많으니, 인어 제보는 시간 문제일 거라 생각했다.

"저기요!"

셋은 동시에 고개를 들었다. 풍채 좋은 철물점 상인이 서서 셋을 바라보고 있었다.

"군수님네 일꾼 맞으시죠?"

"네, 맞습니다. 무슨 일이시죠?"

사람 좋은 미소를 띠고 남순이 되물었다.

"해달이에게 수레와 장독 좀 갖다달라고 전해 주시겠어요? 빌려간 지 며칠 지났는데 도통 소식이 없어서요."

난데없는 말에 남순이 고개를 갸웃거렸다.

"해달이가 누구죠?"

"어머, 온 지 얼마 안 돼서 해달이를 모르나 봐요. 해달이는 군수님이 거둔 여자애예요. 단발머리에 키는 제 허리춤 정도고, 아주 싹싹하고 활달한 아이예요. 군청을 들락날락하는 어린애를 본 적이 있다면 걔가 해달이에요."

그 말을 들으니 남순은 이 섬에 처음 온 날 옥화의 사무실에서 마주쳤던 어린아이를 떠올렸다. 처음 보는 사람에게도 싹싹하게 인사를 하는 아이가 있었다. 그러고보니 시장에서 부딪쳤던 아이도 그 애였다.

그 애가 상인에게 수레와 장독을 빌렸다고? 동굴 밖의 깊은 수레바퀴 자국이 떠올랐다. 만약 누군가 인어를 그곳에서 옮기려고 했다면 커다란 통이 필요했을 것이다. 무겁긴 하지만 커다란 장독이라면 충분하겠지.

남순은 자리에서 벌떡 일어났다.

빨리 옥화에게 알려야 했다. 해달이라는 애가 인어를 데리고 있는 게 분명하다고!

◆ ◆ ◆

산비탈이 바로 앞이라 시원한 바람이 불고, 그늘이 진 정원은 새소리로 가득했다. 정원에 있는 테이블에 옥화와 정화는 마주 앉았다. 정화와 해달이 만든 매작과와 다식 그리고 달콤한 오미자차가 테이블 위에 차려졌다.

"매작과 만드는 건 어렵지 않았어?"

"아니, 재밌었어! 우리는 이모가 시키는 대로만 했는걸….."

정화가 수줍어하며 말하자 옥화는 작게 웃었다. 옥화가 매작과를 하나 집어 먹는 걸 정화는 숨죽이고 지켜봤다. 괜히 긴장이 되고 떨렸다. 우물거리며 다 먹은 옥화가 감탄하며 입을 열었다.

"엄마가 이제까지 먹어 본 매작과 중에 제일 맛있어."

옥화가 칭찬하자 정화는 볼을 붉히며 기뻐했다.

"정말?"

"정말로."

옥화는 매작과를 하나 더 씹어 삼키고 차를 한 모금 마셨다. 그리고 잠시 머뭇거리다가 입을 열었다.

"아빠도 정화가 만든 매작과를 정말 좋아했을 것 같아."

돌아가신 아빠의 이야기는 이

모를 통해서 종종 듣곤 했지만, 옥화에게 듣는 건 처음이었다. 정화는 눈을 동그랗게 뜨고 옥화가 하는 말에 집중했다.

"하나부터 열까지 모두 다른 우리가 유일하게 같이 좋아하는 음식이었어. 싸워서 한동안 연락을 안 하다가도 서로 사과를 할 땐 꼭 매작과를 들고 갔지. 함께 매작과를 나눠 먹으면 서운했던 마음도 모두 녹아내렸어."

옥화는 추억에 잠긴 듯 잠시 말을 멈췄다.

"아빠도 매작과를 좋아했구나."

정화도 엄마도 그리고 해달이도 좋아하는 간식을 아빠도 좋아했다는 말을 들으니 꼭 서로 연결된 것처럼 느껴졌다.

"그럼 다음에 아빠 묘에 갈 때 우리가 만든 매작과도 가져갈까?"

용기 내어 한 말에 군수는 부드럽게 웃었다.

"그럴까? 아빠가 정말 좋아하겠다."

옥화는 차를 한번 더 들이켰다. 그리고 정화를 진지한 눈으로 바라봤다.

"아빠는 상아섬도 정말 좋아했어. 자기의 자랑스러운 고향이라며 나에게 늘 말했지. 나도 이곳에 오면 이 섬을 좋아하게 될 거라고 하면서 말이야. 아름다운 바다와 푸른 숲, 좋은 사람들과 도시에서 느낄 수 없는 정. 아빠 말대로 이 모든 걸 좋아하게 됐어."

정화는 옥화의 말에 집중했다. 아빠 이야기도 흥미로웠지만, 옥화가 자신에게 중요한 말을 하는 걸 본능적으로 느꼈기 때문이었다.

"너희 아빠가 떠나고 마을 주민들과 섬으로부터 참 많은 도움을 받았단다. 그래서 그때의 고마움을 사람들에게 돌려주고자 군수로 일하기로 마음먹었어. 상아섬은 많은 가능성을 갖고 있거든. 내가 하는 일이 언젠가 정화 너와 해달이에게 도움이 될 거라고 나는 믿어. 그래서, 엄마는 열심히 일하고 있어."

옥화는 들고 있던 차를 내려놓고 정화를 똑바로 바라보았다. 미안함이 가득 담긴 눈이었다.

"하지만… 그렇기 때문에 평소에 잘 못 챙겨 줘서 미안하다, 정화야. 엄마는 정말 너와 해달이에게 늘 미안해."

옥화에게 이렇게 솔직한 이야기를 들은 적이 없었기 때문에 정화는 한동안 입을 열지 못했다. 군수가 바쁜 건 해달과 자신보다 일을 더 좋아하기 때문이라고 생각했다.

"엄마, 나는… 내가 바라는 건 말이에요…."

입을 열려는 순간 누군가 불쑥 다가왔다.

"군수님! 왜 이렇게 전화를 안 받으세요!"

"남순!"

한참을 뛰어왔는지 남순은 헉헉거리며 거친 숨을 내뱉었

다. 옥화는 놀란 표정으로 남순을 바라봤다.

"정화랑 대화하느라 전화를 못 받았어요. 무슨 일 있나요?"

남순은 크게 숨을 들이켜고 활짝 웃으며 큰 목소리로 말했다.

"드디어 인어의 흔적을 찾았어요! 해달이라는 아이가 이곳에 있죠? 그 아이가 인어를 데리고 있는 것 같습니다!"

"해달이가 인어를요? 그게 무슨 말이에요?"

옥화는 남순의 말을 믿지 못하는 표정이었다.

쨍그랑!

요란한 소리에 옥화가 정화를 쳐다봤다. 정화가 떨어뜨린 찻잔이 테이블 위를 구르고 있었다. 정화는 놀란 표정으로 남순을 바라보고 있었다.

'이 사람이 어떻게 이로에 대해 알지?'

그 순간 해달에게 들었던 이로의 이야기가 생각났다. 해변에서 다친 채로 발견됐던 이로, 그리고 시장에서 인어를 찾던 사냥꾼들. 그래서 이로를 연못으로 데려올 수밖에 없었다고 말했다. 이 사람이 그 사냥꾼 중에 하나일까? 그럼 엄마와 이 사람은 무슨 관계지?

드르륵!

군수가 일어나자 의자가 밀리며 커다란 소리를 냈다.

"해달이가 인어를 데리고 있구나! 정화야, 그렇지?!"

화가 나 보이는 옥화의 표정에 정화는 아무 말도 하지 못했다.

◆ ◆ ◆

해달은 헤엄 연습을 끝내고 연못가에 걸터앉아 이로와 이야기를 나눴다. 정화는 아직 돌아오지 않았다. 이로와 함께 있는 건 좋았지만, 이로의 몸이 더 아파질까 봐 걱정됐다.

"정화 언니가 좀 늦네. 군수님이랑 아직 얘기를 못 했나?"

그때 갑자기 본관으로 가는 방향에서 시끄러운 소리가 들렸다. 그리고 나타난 옥화는 성큼성큼 걸으며 무언가 찾는 것처럼 주변을 살폈다.

　　"군수님이다! 저분이 군수님이야. 정화 언니의 엄마. 널 도와주러 오셨나 봐."

　　이로에게 군수에 대해 설명하고 해달은 반갑게 손을 흔들었다.

　　"군수님! 여기예요!"

　　해달의 부름에 옥화가 고개를 돌렸다. 그때 옥화 뒤에 있던 사람을 발견한 해달은 몸이 굳었다. 시장에서 이로를 찾던 사람! 인어를 본 적이 있냐고 묻던 그 사람! 왜 저 사람이 군수님과 함께 있지? 이로가 있다는 걸 알고 찾아왔나?

　　"멈춰요!"

　　정화가 군수와 남순의 앞을 막아섰다. 그리고 해달을 향해 외쳤다.

　　"이로를 데리고 도망쳐, 해달아! 빨리!"

　　정화의 외침에 해달은 자리에서 일어났다. 도망쳐야 했다.

　　"도망쳐야 해, 이로야! 저 사람이 너를 잡아갈 거야! 내가 지금 당장 바다로 데려다줄게!"

해달은 이로의 손을 잡고 끌어 올려 번쩍 안아 들었다. 물속에 잠겨 있던 꼬리가 드러나자 남순과 군수가 눈을 동그랗게 떴다.

"진짜 인어다!"

해달은 두 사람을 무시하고 쪽문을 향해 달렸다. 지름길을 따라 내려가면 아직 풀숲에 수레와 장독이 그대로 있을 테니, 왔을 때와 똑같이 이로를 옮기면 된다고 생각했다.

"창석아, 잡아!"

갑자기 앞에서 덩치 큰 사내가 나와 해달을 잡아챘다. 창석은 손쉽게 해달과 이로를 떨어뜨렸다. 어느새 해달을 따라잡은 희준과 남순도 다가와 버둥거리는 해달을 잡았다.

"아, 안 돼! 이거 놔요! 이로야!"

해달은 거세게 반항했지만 어른의 힘을 이길 순 없었다.

"드디어 인어를 잡았네!"

남순이 이로를 보며 감탄했다. 이로에게 해코지할까 봐 해달은 걱정이 앞섰다.

"제발 이로를 해치지 마세요!"

"우리는 인어를 해칠 생각이 없어. 그러니까 걱정하지 마렴."

남순이 해달을 달래려고 했지만, 해달은 믿지 않았다.

"거짓말하지 마세요! 그럼 왜 이로를 다치게 했어요!"

잡으려고 하다 인어가 다친 건 사실이라 남순은 제대로 대답하지 못하고 얼버무렸다.

"일부러 그런 건 아니야. 앞으로는 잘 보살필 거야!"

"데려가지 마세요. 이로는 지금 당장 바다로 가야 해요!"

해달이 간절하게 말했지만 남순은 곤란한 표정만 지을 뿐이었다. 그때 뒤에서 옥화가 정화의 손을 잡고 천천히 걸어왔다. 정화는 벗어나려고 했지만 옥화의 손을 떼내지 못했다.

"이거 놔, 엄마!"

"해달아, 진정해. 정화, 너도 진정하고."

"군수님! 도와주세요! 이 사람들이 제 친구를 잡아가려고 해요!"

해달이 외쳤지만 군수는 고개를 저었다.

"설명해 줄 테니까 잠깐 기다리렴. 남순! 인어는 수조로 데려가서 잘 지켜봐 주세요."

명령을 들은 셋은 이로를 들쳐 업고 고개를 끄덕였다.

"넵! 그럼 저희 먼저 가 볼게요."

"이로야!"

창석에게 붙들린 이로가 해달을 향해 손을 뻗었다. 뻐끔거리며 외쳤지만 소리는 나지 않았다. 하지만 해달은 이로가 무슨 말을 하는지 알 수 있었다. 이로는 도움을 요청하고 있었다. 하지만 해달은 아무것도 할 수 없었다. 멀어지는 이로를 멍하니 바라보다가 해달은 옥화를 돌아봤다.

"군수님. 저 사람들은 이로를 어디로 데려가는 거예요? 군수님은 저 사람들을 어떻게 알아요?"

충격받은 해달에게 옥화는 부드러운 목소리로 말했다.

"얘들아, 일단 안으로 들어가자. 내가 다 설명해 줄게."

그 말에 해달과 정화는 군수를 따라 별채로 들어갔다.

방금까지 시끄럽던 연못은 세 사람이 창호지 문을 닫고 별채로 들어가자 고요해졌다. 그리고 이 모든 광경을 풀숲에서 지켜보는 사람이 있었다. 호란은 풀숲에 숨어 인어의 존재와 함께 군수가 갖고 있다는 것도 확인했다. 금자에게 돌아가 앞으로 어떻게 할지 계획을 세울 시간이었다. 호란은 금세 모습을 감췄다.

◆ ◆ ◆

별채 안에서 해달은 군수에게 이로가 겪은 일과 지금 상태에 대해 말했다.

"그 사람들은 이로를 다치게 했어요! 자꾸 쫓아와서 이로는 깊은 바다에서 여기까지 도망쳤어요. 그리고 지금 아파요! 당장 바다로 돌아가야 해요!"

딱딱한 표정의 군수는 해달의 말을 들으며 한숨을 뱉었다. 해달은 애절한 목소리로 애원했다.

"도와주세요, 군수님. 제발요!"

해달이 바라는 말은 나오지 않았다. 차가운 표정의 옥화는 해달이 알던 사람이 아닌 것 같았다. 해달의 옆에 있던 정화는 주먹을 꽉 쥐고 바르르 떨었다.

"엄마는 우릴 안 도와줄 거야. 왜냐면 이로를 다치게 한 것도, 뒤를 쫓으라고 한 것도, 전부 엄마가 시킨 거니까!"

"뭐라고? 군수님이? 진짜예요?"

너무 놀란 해달이 눈을 동그랗게 뜨고 옥화를 바라봤다. 제발 아니라고 말하길 바랐다.

"그래, 맞아. 내가 인어를 무슨 수를 써서라도 잡아 오라고 사람들에게 시켰단다."

해달은 입을 떡 벌렸다. 인어를 다치게 하면서까지 잡아야

141

하는 이유가 무엇인지 해달은 알 수 없었다.

"나에게 인어가 필요하니까. 아니, 우리 섬이 인어를 필요로 하니까!"

큰 외침에 해달은 깜짝 놀랐다.

"인어를 가둘 커다란 수조를 만들었단다. 이제 인어는 아프지도 않고, 다칠 일도 없을 거야. 인어가 필요한 건 무엇이든 구해 줄 거고, 그 안에서 부족함이 없이 보호될 거야. 그러니까 걱정하지 마렴."

군수는 부드럽게 웃었다.

"원하면 언제든 인어를 만나러 갈 수 있어. 인어는 그곳에 계속 있을 테니까."

정화의 주먹이 바르르 떨렸다.

"하지만 엄마, 그건… 갇혀 있는 거잖아요!"

"군수님, 제발 이로를 풀어 주세요! 바다로 가지 않으면 이로가 더 아플지도 몰라요!"

옥화는 단호했다.

"안 돼. 미안하다, 애들아. 쟤 하나 잡는 데도 많은 시간과 비용이 들어갔어. 풀어 줄 수 없어."

얘기가 끝났다는 듯이 옥화가 자리에서 일어났다. 해달은

옥화가 이러는 게 믿기지 않았다.

　해달은 멍하니 앉아 방금 일어난 일을 돌아봤다.

　"군수님이 이로를 잡으라고 했다니, 믿을 수가 없어."

　하지만 눈앞에서 이로가 끌려가는 걸 봤다. 이로는 해달을
바라보며 도와달라고 외쳤다. 이로를 바다까지 다시 데려다
주기로 약속했으니 해달은 이로를 도와야 했다.

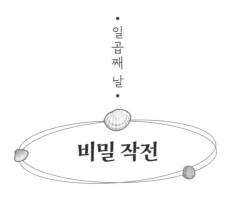

비밀 작전

다음 날 아침 해달과 정화는 해가 뜨자마자 붉은 벽돌 저택으로 향했다. 이로가 괜찮은지 확인하기 위해서였다. 하지만 그곳에는 정화와 해달보다 더 빨리 도착한 사람이 있었다.

"옥화 씨! 이렇게 일찍 찾아와서 미안해요. 실례인 걸 알지만 설레서 어쩔 수 없었어요."

금자는 이른 아침에도 쾌활한 목소리로 인사했다. 군수는 어제 함께 식사를 하고 잘 돌려보낸 금자가 다시 온 것에 놀란 눈치였다. 해달과 정화는 현관문 근처에 숨어 어른들의 대화를 지켜봤다.

"금자 씨. 또 하실 말씀이 있으세요?"

"그럼, 있죠!"

금자는 손뼉을 치며 웃었다.

"인어를 다시 찾았다면서요? 호란이 인어가 옮겨지는 걸 우연히 봤다고 하더라고요! 어젯밤 기쁜 소식을 듣고 오늘 아침이 되기까지 정말 많이 참았답니다."

옥화는 눈을 동그랗게 떴다. 어제 찾은 인어를 금자가 이렇게 빨리 알아낼 줄은 몰랐다.

"가만히 기다려도 연락 주셨겠지만, 빨리 보고 싶어서 헐레벌떡 와 버리고 말았네요."

금자는 신이 나는 듯 발을 동동 구르며 잠시도 가만히 있지 못했다.

"언제 데려가면 될까요? 가능하면 빨리 데려가고 싶어요."

가만히 듣던 옥화가 팔짱을 끼고 고개를 저었다.

"저는 인어를 드리겠다고 금자 씨에게 약속한 적이 없어요."

금자는 그 말에 조금도 주눅 들지 않았다.

"그럼 지금 약속해 주세요!"

너무도 당당한 태도에 옥화는 할 말을 잃고 말았다. 어디서부터 설득해야 할지 감이 잡히지 않았다.

"너무 막무가내로 요구한다고 생각하지 않으세요?"

"저는 그래도 괜찮지 않나요? 제가 옥화 씨에게 드린 투자금이 적지 않잖아요. 이제 겨우 반 정도 진행됐다고 어제 말한 것 같은데… 갑자기 금전적인 지원이 끊겨도 괜찮아요?"

금자가 주는 투자금은 섬에서 진행 중인 여러 사업에서 큰 비중을 차지했다. 갑자기 투자금이 사라진다면 꽤 큰 타격을 받을 게 뻔했다. 옥화는 한숨을 쉬었다.

"그건 곤란하네요."

"그렇죠? 그러니까 인어를 저에게 주세요!"

옥화는 어쩔 수 없이 한발 물러섰다.

"드릴게요. 하지만 저희도 인어와 연결된 사업이 많아요. 다음 인어를 잡을 때까지 말미를 주세요."

금자는 입을 삐죽이며 잠시 생각에 빠졌다.

"다른 인어가 또 있을까요?"

"바다는 넓으니까요. 인어가 딱 하나만 있지 않겠죠."

금자는 고개를 끄덕이더니 웃었다.

"알겠어요. 그럼 다른 인어가 잡힐 때까지 여기서 머물러야겠어요! 섬도 구경하면서."

금자는 어디로 튈지 모르는 공 같은 사람이었다.

"참, 인어가 다쳤다면서요. 혹시라도 죽으면 한시라도 빨리

147

박제해야 하니까, 여러모로 제가 여기에 있는 게 좋겠어요."

그 말을 듣고 해달과 정화는 큰 충격을 받았다. 이로를 박제한다니? 정말 끔찍한 얘기였다. 무슨 수를 써서라도 이로를 바다로 돌려보내야 했다.

"그럼 일단 인어를 보러 가요. 보고 싶어요!"

금자가 떼를 쓰듯 말하는데 해달과 정화가 현관으로 들어갔다.

"우리도 같이 가요! 이로가 괜찮은지 확인해야겠어요!"

해달과 정화도 등장하자 옥화는 더 놀란 표정을 지었다. 이렇게 이른 아침에 두 딸이 찾아올 줄은 몰랐던 모양이다.

"어머나, 귀여운 숙녀들이네. 우리 그럼 같이 인어 보러 가 볼까?"

　　◆ ◆ ◆

　수족관에는 이미 남순이 있었다.
남순은 옥화에게 인어의 상태를 보
고했다.

　"어제부터 지켜봤는데 아무것도
안 먹고 있어요. 좀 아픈 것 같아
요."

　파란 수조 한가운데에 이로가 떠
있었다. 함께 있는 동안 한 번도 보
지 못한 시무룩한 표정이었다.

　"이로야!"

　이로는 해달을 보고 유리 앞으로
다가왔다. 뻐끔거리며 뭐라고 말하
고 있었지만, 두꺼운 유리로 막혀
있어 목소리는 전혀 들리지 않았다.

　"괜찮아? 많이 놀랐지. 몸은 좀
어때?"

　물속에서 기침을 하는 이로를 보

며 해달은 더 울상을 지었다.

"군수님. 지금 이로가 많이 아파요. 빨리 바다로 돌아가야
나을 수 있어요. 그러니까 제발 이로를 풀어 주세요."

해달이 사정했지만 옥화는 딱딱한 표정으로 고개를 저
었다.

"여기 물은 바다랑 똑같아. 괜찮아질 거야. 이곳에는 인어
를 돌보는 사람이 계속 있을 거고, 매일 신선한 음식도 줄 거
란다. 인어도 바다에서 사는 것보다 더 안전할 거야."

그 말을 들은 정화가 인상을 잔뜩 찌푸렸다.

"그걸 엄마가 어떻게 아는데? 이로에게 물어봤어? 이로는
바다에 있는 게 제일 좋은 거야. 이건 그냥 가두는 거라고!"

다그치는 정화의 말에 옥화는 결국 폭발하고 말았다.

"그렇게 해서라도 인어가 필요해! 섬 주민들을 위해! 그리
고 너희들을 위해서!"

갑작스러운 외침에 모두 깜짝 놀랐다. 군수는 깊은 한숨을
뱉으며 다시 낮은 목소리로 입을 열었다.

"인어는 우리에게 많은 기회를 줄 수 있어. 그렇기 때문에
나는 풀어 줄 수 없단다."

해달은 울먹거리는 목소리로 다시 한번 사정했다.

"하지만 이로가 원하지 않아요. 우리는 서로를 도우며 살아야 한다고 군수님이 저에게 알려 줬잖아요. 제발요!"

애타는 해달의 눈에는 눈물이 그렁그렁 맺혀있었다. 정도 많고 마음이 여린 아이가 안쓰러웠지만 어쩔 수 없었다. 군수는 천천히 고개를 저었다.

"미안하다, 해달아. 해달이가 크면 나를 이해할 거야."

해달은 크게 실망했다. 언제나 옥화 같은 어른이 되고 싶다고 생각했는데 이제 옥화는 믿을 수 없는 어른이 되고 말았다.

"군수님은 바보예요!"

해달은 수조 앞으로 달려갔다. 유리창에 손을 대고 자신을 애타게 바라보는 이로가 있었다. 유리창 너머까지 목소리가 들리지 않을 테니 해달은 새

끼손가락을 들어 올렸다. 약속하는 방법을 기억하는 이로가
해달을 따라 손가락을 들어 올렸다.

"약속대로 꼭 바다로 데려다줄게."

작게 속삭이며 손을 흔들자 이로는 희미하게 미소 지었다.
옆에서 정화가 해달의 어깨를 두드리며 위로했다. 눈물이 찔
끔 나왔지만 울고만 있을 순 없었다. 이로를 구하기 위한 방
법을 찾아야 했다.

◆ ◆ ◆

하루종일 근심이 가득하던 해달은 정화에게 자신의 결심
을 말했다.

"언니, 나 거기에서 이로를 데리고 나올 거야! 바다로 돌려
보내 줄 거라고!"

정화는 놀란 표정을 지었다.

"몰래? 어떻게?"

"아무도 없을 때 들어가서 이로를 데리고 나오면 돼!"

조금 전 수조에서 본 이로를 떠올렸다. 사방이 유리로 둘
러싸인 원형 수조에서 이로는 그저 둥둥 떠 있었다. 단 하루

만에 수척해진 얼굴이 안쓰러웠다.

"바다로 데려다주기로 약속했어. 나 이로를 꼭 구해줄 거야. 우리는 서로 돕고 살아야 하니까!"

수족관을 다녀온 이후로 정화도 마음이 좋지 않았다. 그곳에 갇혀 있는 친구가 자신과 비슷해 보였다. 그래서 정화는 해달을 도와 이로를 구출하기로 마음먹었다.

"맞아! 나도 도와줄게! 그럼 이제 무엇을 하면 돼?"

"음… 그건 지금부터 생각해 보자!"

해달과 정화는 머리를 맞대고 어떻게 이로를 구할지 고민하기 시작했다.

"몰래 들어가려면 당장 내일 아침에 움직이는 게 좋을지도 몰라. 엄마는 우리가 이런 생각을 하는 줄 모를 테니까."

"좋아! 그러면 내가 사람들의 관심을 끄는 동안 누군가 이로를 몰래 데리고 나오는 거야."

"내가?"

당황한 목소리로 정화가 되물었다. 정화는 몸이 약해서 이로를 데리고 나올 만한 힘이 없었다.

"아니. 환이 오빠에게 도와달라고 말하자. 내가 내일 아침 일찍 오빠네 집에 다녀올게."

이환이라면 이로를 구출하는 걸 분명히 도와줄 것이다.

"그럼 이건 어때? 어른들을 헷갈리게 하는 거야. 환이 오빠가 이로를 꺼내서 어딘가에 숨기고, 내가 이로처럼 분장을 한 후 환이 오빠랑 도망칠게. 어른들이 우릴 쫓아오면 그동안 해달이 너는 이로를 데리고 바다로 가는 거야."

정화의 계획에 해달은 활짝 웃었다. 이로를 바다로 데려다줄 수 있는 희망이 생겼다.

"좋아! 우린 할 수 있어. 이로를 꼭 돌려보내 주자!"

해달과 정화는 이로처럼 분장하기 위한 옷가지를 꺼냈다. 이로의 머리색과 비슷한 분홍빛 잠옷과 꼬리색과 비슷한 옥색 치마를 방구석에 챙겨 놓았다. 잠을 자기 위해 이

부자리에 누웠지만 심장이 쿵쾅쿵쾅 뛰었다. 해달은 내일 이 계획이 성공하기를 진심으로 바랐다.

다시 만나자, 우리

새벽 푸른빛이 아직 하늘에 남아 있었다. 학교를 가기 위해 자전거를 끌고 나오던 이환은 문 앞에서 자신을 기다리는 해달을 발견하고 눈을 동그랗게 떴다.

"해달아! 아침 일찍부터 무슨 일이야? 오늘도 시장 가니?"

"오빠, 미안하지만… 의사 되는 거 오늘 딱 하루만 미루자!"

손가락 하나를 펼치며 외치는 해달을 보고는 이환은 어리둥절한 표정을 지었다.

"응? 그게 무슨 말인데?"

"나 좀 도와줘. 아니, 이로를 도와줘! 오빠의 도움이 꼭 필요해!"

심각한 해달의 표정에 이환은 무슨 일이 일어났음을 직감했다. 의젓한 해달이 이렇게 애타게 도와달라고 말한 적은 처음이었다.

"가는 길에 설명해 줄게. 일단 우리 집으로 가자!"

해달에게 이끌려 이환은 자전거를 타고 별채로 향했다. 가는 동안 해달은 그동안의 일을 설명했다. 이로를 찾는 사람이 옥화였고, 수족관에 갇힌 이로가 아프기 때문에 바다로 꼭 돌아가야 한다는 것을 전부 말했다.

"군수님은 이로를 절대로 돌려보내 주지 않을 거야. 가만히 있을 수 없었어. 이로가 도와달라고 했거든. 들리지 않아도 알 수 있어."

시무룩했지만 단호한 해달의 목소리를 들으며 이환은 고개를 끄덕였다.

"혹시 군수님이 오빠에게 뭐라고 하거든 나 때문이라고 말해!"

이로를 구하는 일에 얽혀 혼날까 봐 해달은 걱정이 됐다. 하지만 이환은 웃으며 고개를 저었다.

"나에게는 이로도 해달이도 곤란할 때 도와줘야 하는 친구

야. 친구를 돕는 건 당연하잖아."

아무렇지 않게 말하는 이환의 마음씨가 고마웠다. 해달은 눈에 눈물이 찡 고였다. 이로를 가두려는 사람도 있지만, 이로를 도와주려 하는 사람도 이렇게나 많았다.

"우리 이로를 꼭 바다로 돌려보내 주자!"

"그래!"

자전거는 별채를 향해 빠른 속도로 질주했다.

◆ ◆ ◆

해달과 정화 그리고 환은 수족관에 도착한 후 헤어졌다. 각자 맡은 역할을 잘 해내길 바랐다. 하지만 수족관 정문에 도착하자마자 해달은 계획이 틀어질 위기에 처한 걸 깨달았다. 문 앞에는 군수와 어제 본 이상한 사람이 있었다. 이른 아침이라 건물을 지키는 사람만 있을 줄 알았는데, 이렇게 일찍부터 군수님이 있을 줄은 상상도 못 했다. 하지만 이제 와서 계획을 바꿀 수는 없었다. 다들 기다리고 있을 테니 해달은 일단 부딪치기로 마음먹었다.

"안녕하세요!"

씩씩한 인사에 옥화와 금자가 해달을 돌아봤다.

"해달아?"

"어머나, 꼬마 아가씨 안녕?"

"이렇게 일찍 여기까지 혼자 온 거니?"

옥화가 놀란 표정을 지었다.

"네! 이로가 괜찮은지 보려고요."

아직 실망한 마음이 정리되지 않았고 또 거짓말을 할 자신도 없어서 해달은 눈길을 피했다. 그런 해달을 보며 옥화는 씁쓸한 미소를 지었다.

"우리 꼬마 아가씨도 희귀한 동물 좋아하니? 아줌마 집에 호랑이도 있는데 다음에 놀러오렴!"

해달은 갇혀 있는 동물을 구경하고 싶은 마음은 없었지만 금자의 관심을 끌기 위해 질문을 던졌다.

"아줌마는 뭐 때문에 이로를 데려가려는 거예요?"

"응? 그냥 희귀하니까 갖고 싶은 건데?"

뭐가 문제냐는 듯 고개를 갸웃하며 금자가 환하게 웃었다.

"그, 그러니까 왜 갖고 싶은데요?"

"나는 갖고 싶은 걸 가질 수 있는 돈과 능력이 있으니까!"

허리에 손을 얹고 당당하게 말하는 금자는 조금도 망설임이 없었다.

"가질 만하니까 가지는 거야. 반대로 내가 인어를 가지지 못할 이유가 뭐가 있니?"

이로의 의견은 왜 무시하냐고 물어볼 수도 있었지만, 그냥 입을 꾹 다물었다. 왠지 무슨 말을 해도 듣지 않을 것 같았다. 그리고 무슨 일이 있어도 이 사람에게 이로를 넘겨주지 않겠다고 다짐했다. 이런 생각을 가진 사람이 이로에게 무슨 짓을 할지 알 수 없었다.

"이거 안에 들여 둘까요?"

커다란 생선이 가득 들어 있는 상자를 내려놓으며 호란이 물었다. 인어를 위해 새벽부터 사 온 신선한 생선이었다.

"응, 들어가자, 호란!"

'안 돼! 환이 오빠가 이제 막 이로를 구출하고 있을 텐데, 지금 들여보낼 순 없었어!'

해달은 황급히 금자에게 말을 걸었다.

"어, 그, 그럼 언제 호랑이를 보러 가면 될까요?"

"글쎄? 나도 한동안은 이 섬에서 지낼 예정이라서. 나중에 인어랑 함께 서울로 올라갈 때 같이 갈까?"

금자의 해맑은 대답에 해달은 어색하게 웃으며 고개를 끄덕였다.

해달과 금자의 대화를 가만히 지켜보던 옥화는 건물 옆에서 자전거를 끌고 나오는 이환을 발견했다. 무언가를 등에 업었는데, 그건 인어의 모습처럼 보였다. 인어는 수족관에 갇혀 있으니 그럴 리 없는데. 군수가 이환을 부르려고 하는데, 갑자기 남순이 건물 안에서 뛰쳐나왔다.

"큰일 났어요, 군수님! 수조 안에 인어가 없어요! 어디론가 사라졌습니다!"

◆ ◆ ◆

조금 전, 해달이 옥화와 금자를 바깥에 잡아 두고 있는 동안 환은 수족관 안으로 몰래 들어갔다. 커다란 수조 안에서 멍하니 둥둥 떠 있는 이로가 보였다. 해맑고 행복해 보이던 이로가 아니었다. 불안한 듯 고개를 돌리며 주변을 살피는 이로는 다른 곳에 갔다가 결국 수조의 한가운데로 돌아왔다.

이환은 수조의 위로 올라와 사람들 발소리가 들리지 않을 때까지 기다렸다. 주변 소리가 사라지자 물속에 손을 넣어 휘저으며 이로를 불렀다. 첨벙거리는 소리에 이로가 수면 위로 올라와 고개를 빼꼼 내밀었다.

"이로야!"

이로는 이환을 발견하고 활짝 웃었다.

"도와주러 왔어! 자, 가자!"

손을 내밀어 이로의 손을 잡고 끌어 올렸다. 품 안에 이로를 안고 환은 주변을 살폈다. 수조 근처를 지나다니던 사람들이 보이지 않았다. 건물을 조심스럽게 빠져나와 풀숲으로 들어갔다. 수레와 장독 옆에서 초조하게 기다리고 있던 정화가 둘을 발견하고 안도의 탄성을 질렀다.

"이로야! 무사해서 정말 다행이야!"

장독 안으로 이로를 조심스럽게 옮기고 이환은 자전거를 가져왔다.

"정화야, 들키기 전에 어서 움직이자. 어른들은 이로가 없다는 걸 금방 알아챌 거야."

정화는 이로를 꼭 끌어안았다가 떨어졌다.

"여기서 기다리면 해달이가 금방 올 거야. 나랑 오빠는 네가 바다로 갈 수 있도록 어른들을 속여 볼게."

이환이 등을 내밀자 정화는 등에 업혔다. 꼬리처럼 보이도록 묶은 치마를 늘어뜨리고 두루마기를 머리 위로 뒤집어쓰니 멀리서 보면 얼핏 인어처럼 보였다. 환은 정화를

등에 업은 채 꽁꽁 동여매고 자전거에 다리를 올렸다.

"이로야, 우리는 이제 가 볼게!"

"무사히 바다로 돌아가길 바라, 이로야!"

둘을 바라보며 이로는 손을 흔들었다. 친절한 친구들을 이로는 잊지 못할 것 같았다.

"다음에 또 보자!"

이로를 뒤로하고 이환과 정화는 자전거 페달을 밟고 나아갔다. 수족관 입구 근처까지 오자 모여 있는 사람들이 보였다. 그리고 그 사이에 서 있는 해달도 보였다.

"생각했던 것보다 사람들이 많이 모여 있네. 아무튼 우린 저 사람들을 유인해야 해."

환은 정화를 매고 있는 천을 다시 한 번 단단히 당겨 확인했다. 페달에 발을 얹고 심호흡을 했다.

"준비됐어, 정화야?"

"네! 가요!"

정화의 말에 이환은 자전거 페달을 밟았다. 삐걱거리는 소리를 들은 남순이 둘을 가리키며 외쳤다.

"인어를 데리고 도망치는 사람이다!"

"어? 내 인어!"

금자가 비명처럼 외쳤다. 옥화는 당황했지만 인어를 이대로 놓칠 수는 없었기에 남순에게 침착하게 명령했다.

"남순! 차를 가져오세요! 해달이는 집에 가 있고!"

남순이 차를 가져오는 동안 금자는 넋을 놓고 있었다. 차가 도착하자 옥화와 희준, 창석은 신속하게 차에 탑승했다.

"금자 씨. 제가 쫓아가서 잡아 올 테니 기다리고 있어요!"

차가 요란한 소리를 내며 앞으로 튀어나갔다. 넋을 놓고 있는 금자를 뒤로하고 해달은 수레를 숨겨 놨던 곳으로 조용히 움직였다. 근처에 도착해 주변을 두리번거리는데, 풀숲 사이로 분홍색 머리카락이 보였다.

"이로야!"

한걸음에 달려가 해달은 이로를 끌어안았다.

"무사해서 다행이야."

이제 바다까지 이로를 데리고 가면 계획은 성공이었다. 사람이 다니지 않는 길로 조용히 수레를 끌고 가기만 하면 된다. 그런데 얼마 못 가 계획은 어그러지고 말았다.

"어?! 저거 인어 아냐?"

하필 수레를 숨겼던 곳 근처에 금자와 호란의 차가 있었던 것이다. 삿대질을 하며 호란을 부르는 금자를 피해 해달은 수

레를 끌고 숲을 달리기 시작했다. 울퉁불퉁한
길을 달리느라 수레가 심하게 흔들렸다.

"이로야, 괜찮아?"

뒤를 슬쩍 돌아보니 이로가 장독을 꼭
잡고 고개를 끄덕였다. 장독 안에 있는 물
이 이리저리 튀었다. 뒤에서 차 시동이
걸리는 소리가 들리자 해달은 더 열심히
뛰었다. 숲에는 길이 없으니 쫓아오지 못하겠지!

"거기 서, 꼬마야!"

크게 외치는 소리에 해달이 뒤를 돌았다가 깜짝 놀랐다.
거대한 차는 풀숲을 마구 짓밟으며 달려오고 있었다. 해달은
수레를 버리고 이로를 안아 들었다. 나무가 빽빽한 비탈길에
들어서자 차가 따라오지 못하고 거리가 조금 벌어졌다. 나무
사이를 빠져나가자 탁 트인 길이 나왔다.

끼이이이익!

"아이고!"

길을 달리던 트럭이 갑자기 튀어나온 해달과 이로에 놀라
멈춰 섰다. 코앞에서 멈춘 트럭에 놀란 해달도 그대로 굳어
버리고 말았다.

"애야! 어디 다치진 않았니? 응? 해달아!"

트럭 창문에서 고개를 내민 건 이모였다. 도움을 줄 어른이 나타나서 해달은 안심했다.

"이모! 도와줘요! 이상한 사람이 쫓아오고 있어요!"

"뭐? 어디! 누구!"

순식간에 험악한 표정이 된 이모가 주변을 두리번거렸다. 해달은 불안한 눈으로 비탈길을 바라봤다. 쿵쿵거리는 소리

가 점점 가까워지고 있었다.

"지금 바다까지 우릴 태워 줄 수 있어요?"

"응? 그야 가능하지."

"고마워요! 저 차 뒤에 탈게요!"

해달이 활짝 웃었다. 해달의 목을 끌어안고 있던 이로가 고개를 들어 이모를 바라봤다. 이로와 눈이 마주친 이모가 화들짝 놀랐다. 그제야 해달이 안고 있는 것이 인어임을 깨달았다.

"그거 인어인지 뭔지 그거 아니니? 군수님이 찾고 있는?"

"맞아요!"

해달이 이로를 트렁크 안으로 밀어 넣으며 대답했다. 이로가 안전하게 안에 들어가자 해달도 트럭 위로 올라탔다.

"그럼 군수님에게 가 봐야 하는 거 아냐?"

"그보다 저희 지금 당장 출발해야 해요. 이상한 사람이 코앞까지 왔다고요!"

조급해진 해달의 닦달에 이모가 뭐라 대답하기도 전에 요란한 소리가 들렸다.

우직! 우지직! 쾅!

점점 커지는 소리에 이모가 고개를 갸웃하는 사이 해달이 트럭 옆을 쾅 쳤다.

"출발해요, 이모! 빨리요!"

해달의 외침과 동시에 풀숲에서 흰 차가 튀어나왔다. 차는 나무에 이리저리 긁히고 이곳저곳이 찌그러져 있었다. 아슬아슬하게 트럭을 스친 차에서 금자가 소리쳤다.

"절대로 놓치지 않을 거야!"

커다란 외침에 해달과 이로가 몸을 떨었다. 이모는 흰 차를 피해 달리기 시작했다.

"꽉 잡아라, 해달아!"

무시무시한 속도로 쫓아오는 하얀 차를 바라보며 해달은 이로의 손을 꽉 잡았다.

◆ ◆ ◆

해달과 이로가 금자에게 쫓기는 동안 정화와 이환은 군수를 따돌리려고 노력 중이었다. 이환이 열심히 페달을 밟았지만 자동차를 탄 옥화는 금방 뒤를 따라왔다.

"이대로 가다간 곧 따라잡히겠어!"

그러자 정화가 옆을 가리키며 말했다.

"그럼 자동차가 따라올 수 없는 곳으로 가요!"

정화가 가리키는 방향을 바라본 이환이 놀란 목소리로 되물었다.

"저기? 지붕?"

"지붕 타고 도망가요!"

비탈길을 따라 내려가면 바로 한옥 지붕이 보였지만 자전거로 지붕을 타는 일은 당연히 위험했다. 하지만 옥화에게 붙잡히지 않기 위해서라면 어쩔 수 없었다. 이환은 정화를 앞으로 돌려 안고 단단히 주의를 줬다.

"혹시 아프면 바로 말해야 해, 정화야!"

"응!"

"간다!"

정화의 대답을 듣자마자 이환은 핸들을 꺾어 비탈길로 향했다. 가속도가 붙은 자전거는 빠른 속도로 비탈길을 미끄러져 내려갔다.

"이환 군!"

쫓아오던 옥화가 놀란 목소리로 불렀지만 멈추지 않았다. 그리고 비탈길 끝에서 자전거가 공중으로 뛰어 올랐다. 자전거는 잠시간 공중을 날았다. 기왓장을 타고 아래로 내려가던 자전거는 처마 끝에서 한번 더 뛰어올랐다.

"꽉 잡아, 정화야!"

허공을 날던 자전거는 초가지붕에 내려앉았다. 우당탕하는 소리와 함께 아래로 떨어졌지만, 다행히 헛간에 깔아 둔 지푸라기가 도톰해서 다치지 않았다. 이환은 벌떡 일어나 정화를 살폈다.

"어디 다치지 않았어?"

"응, 괜찮아요! 근데 자전거가 망가진 것 같은데 어쩌죠."

자전거 바퀴가 충격을 받아 찌그러져 있었다. 자동차는 따돌렸지만 이동 수단을 잃은 건 곤란했다.

"일단 여기서 나가자."

헛간을 나오자마자 비탈길을 따라 내려온 남순과 창석을 발견한 둘은 조용히 숨을 죽이고 한옥 건물 사이로 이동했다.

"어디로 갔지? 멀리는 못 갔을 테니까 근처를 살펴보자."

남순과 창석은 쫓아 주변을 살폈다. 헛간 안도 살펴보고, 장독 뒤 그리고 주방도 살폈지만 환과 정화는 아슬아슬하게 추적을 피했다.

"여기를 벗어나요!"

정화가 한옥 집을 벗어나자며 이환을 잡아끌었다. 담을 넘어 큰길로 나가 골목을 꺾는데, 그 앞에 차를 대고 서 있는 군수와 딱 마주쳤다. 옥화와 정화는 서로를 발견하고 화들짝 놀랐다.

군수는 눈을 커다랗게 뜨고 정화를 살폈다.

"너 어떻게 여기에…."

옥화는 이환이 들고 있는 옥색 치마와 정화가 두르고 있는 분홍빛 잠옷을 발견하곤 표정이 굳어졌다.

"설마! 인어가 아니라 정화 너였니? 너 또 쓰러지면 어쩌려고! 이환 군! 어떻게 이런 짓을 벌일 수가 있어요!"

화가 난 옥화가 소리치자 정화가 이환의 앞을 가로막고 섰다.

"오빠에게 뭐라 하지 마! 나랑 해달이가 부탁한 거니까!"

정화의 말에 옥화가 한숨을 뱉었다.

"그럼 인어는 지금 해달이가 데리고 있는 거니?"

"나도 몰라! 이제 이로는 포기해!"

옥화는 무릎을 꿇고 정화의 어깨를 잡았다.

"지금 당장 해달이와 인어가 어디 있는지 말해!"

콰광!

커다란 굉음에 모두가 놀라서 고개를 돌렸다. 멀리서 커다란 화염 구름이 솟아오르고 있었다. 곧 새카만 연기가 올라왔는데, 정화는 왠지 불안한 기분이 들었다.

"설마 해달이랑 이로가…?"

커다란 폭발음은 호란이 쏜 총알에 맞은 차에서 난 소리였다. 차를 멈추라며 위협으로 쏜 총알이 주차되어 있던 자동차의 엔진을 맞혀 폭발했다. 커다란 불길과 연기가 피어올랐다. 이모는 트럭을 가까스로 돌려 충돌을 피했다.

"오메! 완전 미친 사람들이네!"

놀란 이모가 비명을 질렀다. 해변으로 가는 길로 빠지지 못해서 트럭은 계속해서 도로를 달렸다. 이 길을 계속 따라가면 육지로 가는 대교가 나왔다. 대교가 가까워질수록 두 차의 간격도 점점 좁혀졌다.

"호란! 바퀴 맞혀서 멈춰 세워!"

금자의 명령에 호란은 총을 들어 앞의 트럭을 겨냥했다. 그리고 방아쇠를 당기려는데, 갑자기 차가 크게 흔들렸다.

쾅!

"어머! 뭐야?!"

금자가 신경질을 내며 옆을 살폈다. 옥화가 모는 차가 어느새 옆을 달리고 있었다.

"이게 지금 무슨 짓이에요! 아이가 차에 타고 있는 거 안 보여요?"

옥화가 창문 밖으로 얼굴을 내밀며 화를 냈다.

"차를 세우려고 그런 거예요! 멈추라는데 안 멈추잖아요!"

도리어 더 화를 내는 금자의 모습에 옥화는 어이가 없었다.

"그렇다고 애가 타고 있는데 총을 쏴요! 제정신이에요?!"

"그래요, 저 제정신 아니에요. 인어에 미쳤어요! 그러니까 방해하지 말아요!"

금자는 버럭 소리 지르며 제 차로 옥화의 차를 밀었다. 차가 긁히는 소리와 함께 크게 흔들렸다. 차 안에 타고 있는 모두가 비명을 질렀다. 어쩔 수 없이 옥화는 속도를 줄일 수밖에 없었다.

"호란! 쏴!"

그 말에 호란은 다시 총을 겨누고 방아쇠를 잡아당겼다. 탕! 공기를 찢는 소리와 함께 트럭이 흔들렸다. 결국 바퀴를 터뜨리고 만 것이다. 트럭은 털털거리는 소리와 함께 속도가 느려지더니 트럭은 결국 멈췄다. 금자는 차에서 폴짝 뛰어내려 의기양양한 모습으로 소리쳤다.

"이제 도망칠 곳은 없다! 내 인어를 훔쳐 갈 생각을 하다니 간도 크구나, 꼬마야! 이제 내놔!"

해달은 이로의 앞을 막았다.

"안 돼요! 이로는 아줌마 것이 아니에요!"

"무슨 소리야! 옥화 씨가 준다고 그랬어!"

금자가 씩씩거리며 더 큰 목소리로 외쳤다.

"이로는 주고받는 물건이 아니에요!"

"내가 돈 주고 샀어. 그러니까 내 것이 맞아! 너희 엄마에게 물어보렴!"

금자가 이제 막 멈춘 차를 가리키며 말했다. 차에서 허겁지겁 내린 옥화는 다치지 않은 해달을 보고 안도의 한숨을 내쉬었다.

"해달아! 어디 다치진 않았니?"

"네, 저는 괜찮아요!"

해달은 마지막으로 한번 더 옥화를 설득하기 위해 입을 열었다.

"군수님! 제발 이로를 바다로 돌려보내게 도와주세요. 저 아줌마에게 보낼 수는 없어요!"

"아무리 수조를 좋게 꾸며도 본인이 원하지 않으면 아무 소용 없어! 엄마가 내 방을 예쁜 것으로 가득 채워도, 나는 늘 답답했단 말이야!"

차에서 내린 정화가 옥화를 바라보며 소리쳤다.

"섬을 위해서라고 말하지 마! 누군가 불행해져서 얻은 행복을 사람들이 좋아할까? 적어도 나는 그런 행복은 필요 없어!"

울먹거리는 정화의 말에 옥화의 눈이 흔들렸다.

"군수님이 저에게 알려 줬잖아요. 서로 도와야 한다고! 제가 이로를 도와주는 이유는 군수님에게 그런 마음을 배웠기 때문이에요."

해달이 애원하자 옥화는 떨리는 입술을 깨물었다. 그때 금자가 발을 쿵 굴렀다. 금자는 차가운 표정으로 군수를 바라봤다.

"옥화 씨, 정신 차려요. 인어를 대가로 저에

게 받아가는 투자금을 생각해야죠."

주먹을 꾹 쥔 옥화는 결국 금자의 말을 따랐다.

"남순! 인어를 데려와요!"

"호란! 도망치지 못하게 잘 막아!"

어른들이 점점 트럭으로 다가왔다. 해달은 이로를 안고 트럭에서 뛰어내렸다. 섬 방향은 남순과 희준, 창석이 막아섰고, 육지 방향은 호란과 금자가 막아섰다. 어디로든 도망쳐야 했지만 바다 위에 세워진 높은 다리였기에 도망갈 곳이 없었다.

"순순히 인어를 내놔라, 꼬마야!"

"어차피 도망칠 곳도 없어."

해달이 어쩔 줄을 몰라 하는 사이, 이환과 정화가 어른들 앞을 막아섰다. 이번에는 어른들이 당황해서 걸음을 멈췄다.

"해달아, 이로야! 도망쳐!"

해달은 이로를 안은 채로 어른들 사이를 빠져나가 섬 방향으로 달렸다. 호란이 그런 해달을 쫓으려고 했지만, 정화가 필사적으로 매달려 움직일 수 없었다.

"방해하지 마, 꼬마 아가씨!"

정화를 번쩍 들어올린 채로 달리려던 호란은 갑자기 튀어나오는 금자를 보지 못하고 부딪치고 말았다. 균형을 잃고 넘

어가는 호란은 그만 정화를 놓치고
말았다.

"꺄악!"

정화는 그대로 난간을 넘어가 아
래로 떨어지고 말았다. 짧은 비명에
뒤를 돌아본 해달과 이로도 떨어지
는 정화를 목격했다.

"언니!"

"정화야!"

옥화는 비명을 지르며 난간으로
달려갔다. 정화는 포말과 함께 바다
아래로 사라지고 말았다.

"안 돼! 정화야! 정화야…!"

"군수님, 몸 내밀지 마시고 진정하
세요!"

이성을 잃은 옥화를 남순과 희준
이 잡아끌었다. 정화를 삼킨 바다는
잠잠했다. 방금 일어난 일이 도무지
믿기지 않았다.

정화는 수영을 하지 못했다. 지금 당장 정화를 구하지 않으면 영영 못 보게 될 수도 있다고 해달은 생각했다. 엄마와 아빠처럼. 해달은 단단히 결심을 하고 난간 위에 섰다.

"해달아! 뭐 하는 거야! 위험하니까 당장 내려와!"

그 모습을 발견한 이환이 소리쳤지만, 해달은 이로를 꼭 안고 뛰어내렸다. 지금 당장 정화와 이로를 구하는 방법은 이것뿐이었다. 뒤에서 옥화가 해달을 불렀지만 떨어지는 걸 막을 수는 없었다.

풍덩!

차가운 바닷물 속에서 해달은 숨을 참고 천천히 헤엄치는 방법을 떠올렸다.

'이로와 연습하던 대로 몸에 힘을 주지 말고 팔과 다리를 천천히 움직여 보자. 물속이라고 겁 먹지 마! 나는 괜찮을 거야. 왜냐면 이로가 있으니까. 이로를 믿고, 나를 믿으면 돼!'

해달은 물속에서 눈을 떴다. 이로는 보이지 않았지만, 저 멀리 천천히 가라앉고 있는 정화가 보였다. 해달은 천천히 팔다리를 휘저으며 앞으로 나아갔다. 가까스로 정화를 끌어안고 빛이 쏟아지는 위를 올려다봤다.

'이제 올라가기만 하면 된다! 근데 숨이 부족해! 조금만 더

가면 되는데…!'

눈앞이 흐릿해지려는 순간, 누군가 해달의 손을 잡고 위로 끌었다. 이로였다. 이로는 꼬리를 크게 휘저으며 빠른 속도로 위로 올라갔다. 순식간에 해달은 물 위로 솟아올랐다.

"이로야! 괜찮아?"

"난 괜찮아! 해달아, 너 헤엄 잘 치더라. 정화에게 헤엄쳐서 가는 거 봤어!"

이로가 활짝 웃으며 칭찬했다.

"봤구나. 나 이제 헤엄칠 수 있어!"

이로가 도와준 덕분에 해달은 정화를 구할 수 있었다. 그때 정화가 콜록거리며 물을 토해 냈다.

"아, 정화 언니! 언니를 빨리 물 밖으로 데려가야 해."

"그래, 일단 해변으로 이동하자."

둘은 손을 마주 잡았다. 해달은 이로가 이끄는 방향으로 열심히 팔다리를 휘저어 앞으로 나아갔다. 파도를 넘어서 앞으로 쭉.

♦ ♦ ♦

이로와 처음 만났던 해변에 도착해 정화를 모래사장 위로 옮겼다. 정화는 정신을 잃었지만 그래도 규칙적으로 숨을 쉬고 있었다. 정화가 크게 다치지 않아서 정말 다행이었다. 해달은 안도의 한숨을 내뱉은 후 이로가 기다리는 바다로 다시 들어갔다.

"이로야, 어른들이 오기 전에 얼른 가!"

끈질긴 어른들이 이로를 잡는 걸 포기할 것 같지 않았다. 사람이 사는 곳은 이로에게 안전한 곳이 아니었다.

이로는 해달의 말에 잠시 생각하는 듯하더니 입을 열었다.

"해달아. 우리가 다시 만날 수 있을까?"

해달은 이로의 손을 꽉 잡았다. 그리고 한 치의 망설임 없이 말했다.

"당연하지! 시간이 좀 걸릴 수도 있어. 군수님과 그 아줌마가 널 계속 잡으려 할지도 모르니까. 하지만 그런 사람들이 너를 다치게 하지 않도록 내가 계속 말해 볼게. 그러니까 안전해지기 전까지 조금만 기다려 줘. 모두 너를 괴롭히지 않게 됐을 때, 내가 우리 섬으로 초대할게."

해달은 이로와 하고 싶었던 것들을 하나하나 꺼냈다.

"겨울 동지에는 이모와 함께 팥죽을 쑤거든. 눈 내리는 정원을 바라보며 따뜻한 팥죽을 같이 먹자. 눈싸움도 하고 말이야. 봄이 되면 꽃이 많이 피는데, 함께 꽃놀이도 가고 화전도 먹으면 너무 재밌을 것 같아. 사월 초파일에 열리는 낙화놀이도 얼마나 예쁜지 몰라. 사찰에서 주는 미나리랑 봄나물을 넣은 비빔밥을 먹으며 같이 구경하자."

사람을 좋아하는 이로가 함께하면 얼마나 좋아할까? 하지만 먼 훗날로 기약할 수밖에 없었다.

"혹 이런 날이 오기까지 시간이 너무 오래 걸린다면, 너를 만나기 위해 내가 바다로 나갈게!"

해달은 목 위로 올라오는 울음을 꾹 눌러 참았다.

"우리가 서로를 계속 그리워한다면, 언젠가 만날 수 있을 거야. 나는 그렇게 믿어!"

이로는 눈물이 그렁그렁한 눈으로 고개를 끄덕였다.

해달은 손목에 매달려 있는 팔찌를 빼냈다. 군수가 정화와 나눠 가지라며 선물해 준 쌍둥이 팔찌였다.

"시간이 너무 지나서 혹시 너를 못 알아보지 않도록 이거 줄게."

팔찌를 이로 손목에 걸어 줬다. 손목에서 붉은 팔찌가 반짝 빛났다.

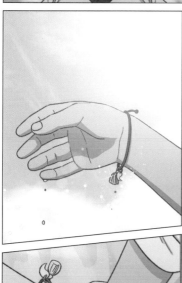

"잃어버리지 말고 잘 차고 있어야 해, 이로야."

"와, 예쁘다. 알겠어. 소중하게 잘 간직할게."

해달은 이로의 등을 밀었다. 해변에서 갑자기 어른들이 나타날까 봐 걱정이 됐다.

"이제 빨리 가! 또 잡히지 않도록 조심하고."

이로는 빙글 몸을 돌려 해달의 손을 잡고 물속으로 풍덩 빠졌다. 해달은 물속에서 어리둥절한 표정으로 이로를 바라봤다. 이로는 장난스러운 미소를 짓더니 해달의 볼에 가볍게 입맞추고 물러났다. 해달이 볼을 감싸고 얼굴을 붉게 물들였다.

"다음에 보자, 해달아. 그때까지 잘 지내고 있어!"

이로는 해달에게 손을 흔들고 뒤돌아 푸른 바닷속을 가로질렀다. 점점 멀어지는 이로를 바라보며 해달은 손을 흔들었다. 흐릿해질 때까지. 아주 작은 점이 되어 사라질 때까지.

물속에서는 말을 할 수 없기 때문에 해달은 마음속으로 외쳤다. 이로가 무사히 원래 살던 곳에 도착하길. 그리고 언젠가 그곳으로 꼭 만나러 가겠다고!

에필로그

이로야, 안녕!

나 해달이야. 잘 지내고 있어?

네가 떠난 지 벌써 한 달이 지났는데, 다친 곳은 흉터 없이 잘 아물었는지 궁금해. 부디 네가 무사히 가족에게 도착했기를 매일 엄마와 아빠에게 빌었어. 어, 근데 이로, 너 글 읽을 줄 아니? 음… 모르더라도 어쩔 수 없지! 그래도 널 보고 싶어 하는 내 마음을 가득 담을 테니 네가 어떻게든 알아볼 거라고 믿어.

네가 떠난 후에 많은 일이 있었어.

군수님이 너를 풀어 줘서 화를 낼 줄 알았는데 나와 정화

언니를 보자마자 끌어안고

우셨어. 우리 말에 귀 기울이지 않아서

미안하다고 사과도 하셨지. 이제 군수님에겐

그 무엇보다 우리가 중요하다고 말하셨어. 군수님이

우는 걸 처음 봤지 뭐야. 우리 셋은 꼭 끌어안았어.

커다란 차로 우리를 쫓아오던 나쁜 아줌마들 기억하지? 두 사람은 다리 위에서 바로 붙잡혔대. 그리고 언니를 다치게 한 벌로 다시는 섬에 들어오지 않기로 했대. 그런데 약속을 어기고 섬으로 몇 번 들어왔는데, 그때마다 마을 사람들이 발견해서 내쫓았나 봐. 나는 그 사람들을 다시 만난 적은 없어. 난 왠지 그 아줌마가 너를 쉽게 포기할 것 같지 않아. 혹시라도 마주치면 뒤도 돌아보지 말고 도망쳐야 해, 이로야!

그때 마을 이곳저곳이 엉망이 됐다고 하더라고. 훈이네 차도 불타 버렸고, 차가 지나가면서 논밭을 망가뜨리기도 하고, 초가집 지붕에 구멍이 뚫리기도 했대. 그래서 우린 한동안 마을을 고치느라 바빴어. 환이 오빠가 초가지붕을 고쳤고, 군수님이 훈이 아저씨에게 새로운 트럭을 선물했고, 망가진 논도 복구했단다. 그래도 모두가 함께 하니 금방 일이 끝났어! 역시 여럿이 힘을 모으면 쉽게 해결된다니까. 일이 끝나고 다 같이 새참을 먹으며 땀을 식혔는데, 어찌나 재미있었는지 몰라.

네가 있던 수조는 그냥 방치하기엔 아깝다며, 다친 동물을 돌보는 곳으로 하자고 군수님이 그랬어. 그 후로 다친 돌고래나 바다거북이 종종 이 수조로 옮겨지곤 해. 여기에서 치료받다가 다 나으면 다시 바다로 풀어 주는 거야. 정화 언니는 그걸 보더니 다친 동물을 치료해 주는 일을 하고 싶다고 하더라. 이런 일과 참 잘 어울린다고 생각해!

나에게도 새로운 꿈이 생겼어. 바다를 누비는 사람이 되는 거야. 할머니 같은 해녀가 될지, 아니면 배를 타고 먼 바다를 다니는 어부가 될지 고민하다가 엄마와 아빠처럼 항해사가 되기로 결심했어. 내 꿈을 말하니 군수님이 우리 부모님이 들으면 좋아했을 거라며 웃으셨어. 정말 기뻤지 뭐야.

항해사가 되려면 지금보다 더 열심히 공부해야 한대. 그래서 나와 정화 언니는 학교를 다니고 있어. 군수님은 처음에 많이 걱정했지만, 정화 언니를 믿고 보내 주셨어. 가끔 아파서 학교를 가지 못할 때도 있지만, 언니는 예전보다 훨씬 더 좋아졌어. 의사 선생님은 앞으로 언니가 더 건강해질 거라고 했어!

아, 우리가 군수님과 약속한 게 하나 더 있어. 아무리 바빠도 매일 함께 저녁 먹기! 우리는 같이 밥을 먹으며 어떤 하루를 보냈는지 얘기를 나누곤 해. 덕분에 요즘 군수님과 정화 언니는 사이가 아주 좋아! 정말 다행이지?

며칠 전에는 정화 언니, 환이 오빠랑 바다로 소풍을 갔다 왔어. 맛있는 것도 잔뜩 먹고 수영도 한참 했지. 나는 이제 자유롭게 헤엄칠 수 있어. 그때마다 네 생각이 나, 이로야. 그럴 때면 네가 옆에 없어도 너와 함께 있는 기분이 들어.

내가 준 팔찌는 잘 가지고 있니? 군수님이 나와 정화 언니에게 준 쌍둥이 팔찌 말이야. 내가 너에게 줬다는 말을 듣고 정화 언니가 자기 팔찌를 나에게 줬어. 내가 너를 많이 그리워하는 모습을 보고 배려해 준 거야. 그 마음이 얼마나 고마웠는지 몰라. 이것 때문에 너와 연이 아직 이어지고 있는 기분이 들어. 혹시 너도 그럴까?

앗! 종이가 얼마 남지 않아 이만 줄일게. 아프지 말고 잘 지내고 있기를 바라. 이 편지가 너에게 잘 도착했으면 좋겠다.

조금만 기다려 줘. 내가 언젠가 너를 만나러 갈 테니까!

추신! 어제 정화 언니와 매작과를 만들었는데, 네가 생각나서 유리병 안에 조금 넣었어. 맛있게 먹었으면 좋겠다.

너의 친구 해달이가

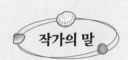

작가의 말

안녕하세요. 작가 원산지입니다.

한 장의 그림으로 시작한 이야기가 웹툰을 넘어 다양한 방식으로 여러분에게 닿을 수 있어 기쁩니다. 해달이와 이로의 모험을 함께해 주셔서 감사합니다. 덕분에 이로는 바다에서 자유롭게 헤엄치고 있을 거예요. 해달이와 이로가 어떤 미래를 살고 있을지 다양하게 상상해 보시길 바랍니다.

2025년 봄을 기다리는 길목에서

원산지

달과 인어 이로, 나의 바다

초판 1쇄 발행 2025년 1월 24일
초판 3쇄 발행 2025년 2월 25일

글 · 그림 원산지

펴낸이 김선식
펴낸곳 다산북스

부사장 김은영
어린이사업부총괄이사 이유남
책임편집 이지양 **디자인** 이정아 **책임마케터** 김희연
어린이콘텐츠사업2팀장 이지양 **어린이콘텐츠사업2팀** 이정아 윤보황 류지민 박민아
어린이마케팅본부장 최민용 **어린이마케팅1팀** 안호성 이예주 김희연 **기획마케팅팀** 류승은 박상준
편집관리팀 조세현 김호주 백설희 **저작권팀** 성민경 이슬 윤제희
재무관리팀 하미선 임혜정 이슬기 김주영 오지수
인사총무팀 강미숙 이정환 김혜진 황종원
제작관리팀 이소현 김소영 김진경 이지우
물류관리팀 김형기 김선진 주정훈 양문현 채원석 박재연 이준희 이민운

출판등록 2005년 12월 23일 제313-2005-00277호
주소 경기도 파주시 회동길 490 **전화** 02-704-1724 **팩스** 02-703-2219
다산어린이 카페 cafe.naver.com/dasankids **다산어린이 블로그** blog.naver.com/stdasan
용지 스마일몬스터 **인쇄 및 제본** 한영문화사 **코팅 및 후가공** 평창피엔지

ISBN 979-11-306-6311-1 73810